ANNE-LAURE DELAYE

LA POÉSIE DES MARCHÉS

roman

ALBIN MICHEL

Ce récit est une pure fiction. L'entreprise imaginaire dans laquelle évolue Lucie s'inspire de nombreuses organisations, grandes ou petites. Il ne s'agit en aucune façon d'une critique ou d'une satire du fonctionnement ou des salariés d'une organisation particulière.

Cette limonade
Sans bulles –
Voilà ma vie.
Sumitaku Kenshin

Même le bruit de la cascade
S'est affaibli –
Le chant des cigales.
Chiyo-Ni

Tempête de sable
Il a barré tout le passage
l'Evergiven
Lucie Shaft

Quand le cours survole le nuage
Après
Il redescend
Ichimoku

Pétrospleen, *n.m.* : mélancolie provoquée par la prise de conscience de notre addiction collective au pétrole, combinée à la jouissance de cette addiction.
Forme adoucie de solastalgie, observée chez les sujets les plus dépendants.

Épisode 1

Une équipe en or

– Accrochez-vous, ça va tanguer, a dit Philippe en passant devant nos bureaux.

Il avançait très vite, un ordinateur dans une main, ses téléphones dans l'autre. Il s'est arrêté un instant à l'autre bout de l'open space, face aux immenses écrans suspendus sur lesquels nous affichons les cours du pétrole, du gaz et de l'électricité. Au-dessus de sa tête, les courbes plongeaient vers le bas, seconde après seconde. De loin, j'ai épié sa silhouette mince et tendue, sa tête inclinée devant les chiffres dégringolants, et je me suis sentie rassurée. Avec Philippe, le service Marchés et Management des risques de Vega Énergie était dans de bonnes mains.

Farid l'a suivi pour lui proposer un chocolat, mais Philippe est reparti dare-dare vers le couloir des chefs, la mèche au vent. Farid est revenu vers moi au pas de course, agitant la main sur son front, telle une houppette virevoltante. Philippe était un homme pressé. On l'apercevait plusieurs fois par jour, mais nous avions rarement l'occasion de discuter.

Farid m'a regardée par-dessus ses écrans d'ordinateur, un bras tendu vers le haut, l'autre vers le bas, puis il a tressauté comme s'il prenait une décharge électrique.

– Hé, Lucie ! D'après toi, qu'est-ce que je mime ? Pétrole ou gaz ?

J'admets que Farid savait mimer le prix du pétrole comme personne. Nous avions été embauchés en même temps, il y avait six ans déjà, et les journées auraient été beaucoup plus longues sans ses pitreries. En cet été 2021, le prix du pétrole chutait, tout le monde s'agitait autour de nous et je me demandais si nous en faisions tout à fait assez. Les deux doigts levés, Farid m'a demandé d'en choisir un.

– Perdu, a-t-il répondu quand j'ai désigné le gauche.

J'ai entendu Hortense soupirer de l'autre côté de la table. Je savais bien qu'il n'y avait pas de méchanceté dans ce soupir. Hortense nous appréciait, elle avait seulement des difficultés avec notre humour, surtout avec celui de Farid. C'est ce qu'elle nous avait confié lors de notre dernière réunion d'équipe.

Tout cela n'avait pas grande importance, ai-je songé avec mélancolie. Même l'humour de Farid manquerait à Hortense lorsque le monde s'effondrerait l'année prochaine. L'effondrement… Est-ce que j'y croyais vraiment ? Farid m'avait conseillé d'éviter de trop y penser. Méfie-toi de la loi de l'attraction, disait-il, on ne sait jamais, si tu aggraves la situation.

Il était bientôt 10 heures. J'ai repris la lecture du site prixdubaril.com. Les pays de l'Opep+ venaient de se mettre d'accord pour augmenter leur production de 400 000 barils par jour à partir du mois prochain. Le cours dévissait, car personne n'avait prévu un tel volume de pétrole supplémentaire.

Attendez ! Je pars bille en tête, mais je ne me suis même pas présentée. Je suis Lucie, analyste sur les marchés de l'énergie, chez Vega Énergie. Je passe mes journées à scruter les marchés de l'énergie en essayant de les comprendre, j'aime autant vous dire que vous allez en entendre parler. Maintenant, revenons au pétrole : lors de la pandémie en 2020, l'Organisation des pays exportateurs de pétrole s'était entendue pour réduire sa production, allouant des quotas de production aux différents pays membres. En effet, la demande en pétrole avait violemment chuté dans le grand silence des confinements. Le monde s'était retrouvé inondé de pétrole, au point qu'en avril 2020, les prix du pétrole avaient même été négatifs. C'est-à-dire qu'on vous payait pour en prendre, puisque tous les stocks étaient déjà pleins. Pour soutenir les prix, donc, l'Opep+ avait fortement réduit sa production. Mais depuis que la demande en pétrole avait repris en partie, après les confinements, l'Opep réaugmentait sa production mois après mois. Les négociations étaient toujours un peu houleuses. Il y a quelques jours par exemple, les Émirats arabes unis avaient annoncé vouloir augmenter leur production mais l'Arabie saoudite s'y était fermement opposée. Et voici qu'aujourd'hui, ils étaient finalement tous tombés d'accord. En somme, on venait d'annoncer du rab de pétrole en août, donc les prix baissaient.

Pour ma part, je ne m'inquiétais plus. Tout cela était très coutumier. Demain, il y aurait une autre nouvelle, et les cours repartiraient en sens inverse. Le prix du pétrole montait et descendait sans cesse, et nous le regardions bouche bée. Quant au prix qu'il aurait demain, allez savoir…

Rien n'était certain, à part le fait que je devais rédiger mon analyse de prix avant le soir.

Si ce n'était pas bouclé à 17 heures pile, Isabelle, le bras droit de Philippe, déboulerait dans le bureau en nous rappelant qu'on n'était pas payés à lire *L'Équipe*. Ça, c'est pour la fois où Henri, qui est féru de sport bien qu'il n'en pratique aucun, était parti au café en laissant sa session d'ordinateur ouverte. Manque de pot, Isabelle était arrivée juste avant que je puisse la verrouiller. Elle avait besoin d'une info urgente sur le cours du dollar.

Parce que le cours du dollar, c'est Henri qui s'en charge. Il est le seul membre de l'équipe qui soit déjà allé à New York, nous avons pensé que c'était le plus légitime. Moi j'essaie de ne plus prendre l'avion pour limiter mon empreinte carbone. Enfin, c'est ce que je leur ai dit pour m'excuser de n'être jamais allée aux États-Unis. La réalité, c'est aussi que je consacre tout mon temps et mon argent à mes œuvres d'art, mais j'aurai l'occasion de vous en parler plus tard. Farid, lui, n'a jamais été aux États-Unis non plus ; je crois qu'il a peur de prendre l'avion. Benjamin, notre chef, c'est plutôt qu'il préfère voyager dans des endroits insalubres. Ça lui permet d'en revenir en clamant qu'il n'a pas attrapé la tourista alors qu'il a mangé sur des marchés infestés de mouches. Chacun sa source de fierté, cette diversité de caractères est aussi ce qui fait la beauté du monde.

Quoi qu'il en soit, Isabelle avait besoin d'une information située sur l'écran d'Henri. Elle avait donc penché sa longue silhouette rachitique jusqu'à rapprocher ses yeux de myope à dix centimètres de l'écran et nous avions pu y lire ensemble que « Vakatawa avait montré beaucoup de présence au dernier Mondial de rugby ».

J'ai recopié une dernière phrase dans ma synthèse. Philippe est repassé à grands pas, en sens inverse.

– On attend vos analyses, Marchés ! il a dit.

Le service Marchés et Management des risques, dirigé par Philippe, est divisé en deux équipes. D'un côté, l'équipe Management des risques : leur rôle est un peu flou à mes yeux. Henri, qui est friand de formules expéditives, aime bien dire qu'ils ne sont bons qu'à pourchasser dans les couloirs les traders qui ont perdu trop d'argent, pour les mettre à la porte. De l'autre côté, dynamiques et studieux, dans notre open space aux bureaux rutilants, il y a nous : l'équipe Marchés. Une de nos missions est de comprendre les prix et de rédiger des analyses à destination des traders. Eux n'ont pas nécessairement le temps de réfléchir, car ils sont déjà très occupés. Philippe aussi sollicite nos analyses. Elles lui permettent de comprendre pourquoi les prix bougent aussi vite, et d'adapter ainsi le cap du navire, comme il dit toujours.

Philippe est un homme secret. D'abord je l'ai pris pour un homme ennuyeux. Vous voyez, ces taiseux dont on croit qu'ils n'ont rien à dire, simplement parce qu'ils en disent peu. Combien de jugements hâtifs ai-je portés sur les êtres ! Tandis que j'approche de ma trentième année, je commence à comprendre que la vie n'est pas ce que j'en avais imaginé, pas plus que Philippe n'est ennuyeux, pas plus qu'Hortense n'aime l'humour de Farid.

Philippe n'avait pas toujours été Philippe de Marchés et Management des risques. Il avait d'abord été trader à Londres, à l'époque où les activités de trading de Vega Énergie y étaient installées. Les traders étaient maintenant rapatriés au deuxième étage. Ils vivaient tous dans le regret du temps prestigieux où ils pouvaient dire qu'ils travaillaient à la City, eux qui devaient maintenant se rendre tous les jours à Levallois-Perret. Ils avaient leurs codes, leur jargon, et se racontaient sans cesse des légendes étranges pour lesquelles ils n'avaient pas les mots en français. Depuis le temps qu'ils avaient été rapatriés, je crois pourtant que la majorité de ceux qui étaient encore là n'avaient jamais travaillé à Londres. Qu'importe, c'était une mélodie dépaysante, et j'avais l'impression de voyager quand j'entendais des histoires de fonds rollant leurs shorts malgré l'absence de strong bid. Philippe était une de leurs légendes. Ils parlaient de lui avec des étoiles dans les yeux. Captain Bonus, ils disaient parfois pour rire, car Philippe avait fait des jolis coups quand il était jeune. Je me demandais toujours si c'était du même Philippe qu'il s'agissait. Aujourd'hui, Philippe frémissait dès que les prix bougeaient, et tout son être semblait imprégné de management des risques.

Je venais souvent prendre mon café à l'étage des traders, car ils avaient des machines Nespresso. À notre étage, le café n'avait pas de goût. Isabelle disait « Qu'est-ce que ce serait si le café était bon ! » quand elle nous voyait tous installés devant la machine. Pourtant, si nous n'étions pas traders, nous avions quand même des qualités, à Marchés. Notre principale qualité s'appelait Benjamin, c'était notre chef, et une véritable source de fierté. Benjamin avait un physique d'acteur américain, les cheveux blonds, le teint hâlé toute l'année et un sourire radieux qu'il exhibait en toutes circonstances. Son CV parlait pour lui, il était diplômé de Polytechnique et du corps des Mines. Il s'investissait beaucoup dans son travail. Je l'avais entendu confier à Philippe que si c'est pour partir du bureau à 18 heures alors que tous les problèmes ne sont pas réglés, autant ne pas venir du tout et que ça n'était pas sa conception du travail. « Marchés, c'est moi », avait-il coutume de dire lorsqu'il se présentait dans les réunions. « Je suis fait pour être premier », nous avait-il expliqué quelques fois à la cantine en nous doublant dans la queue pour les frites. Il était classé au tennis, avait remporté avec son équipe d'aviron le premier prix du concours des jeunes rameurs étudiants, et il était le premier chef d'équipe de moins de trente-deux ans, information dévoilée par le journal interne qui publiait régulièrement des portraits des salariés les plus méritants. J'admirais sa rigueur : il refusait tout ce qui n'était pas premier, au point d'être parfaitement opaque à tout second degré. Dans l'équipe, nous trouvions cela rassurant de nous contenter d'être deuxièmes. Tenir la roue d'hommes comme Benjamin, c'était déjà quelque chose, et cela laissait du temps pour regarder d'autres sports à la télé.

Jusqu'ici, la journée avait ressemblé à toutes les journées. Il était 11 heures, et je commençais à avoir faim. Mais Benjamin a surgi, le teint éclatant et un sourire encore plus large que d'habitude, et quand j'y repense, c'est sans doute à ce moment-là que quelque chose a commencé à dérailler.

Épisode 2

L'appel à projets innovants

Benjamin nous a fait signe de le rejoindre dans son bureau pour qu'il nous explique. En résumé, l'appel à projets était ouvert et il comptait sur nous. L'entreprise lançait un challenge innovation : pendant trois semaines, tous les salariés pouvaient réfléchir à des projets innovants pour améliorer le fonctionnement de l'entreprise. Les projets seraient évalués par le comité innovation, que Benjamin avait réussi à intégrer. Les cinq projets présélectionnés par le comité seraient soumis au vote des salariés. Les gagnants verraient leur projet mis en place et recevraient un téléphone portable pour leur usage personnel ainsi que des billets pour visiter les égouts de Paris. On pouvait concourir seul ou en équipe, de trois personnes maximum.

– Quelle est la marque du téléphone ? a demandé Henri.

C'était un iPhone dernière version.

– Qu'est-ce qu'on entend par améliorer le fonctionnement de l'entreprise ? a demandé Farid, parce qu'il trouvait qu'elle fonctionnait quand même déjà bien.

Hortense a resserré son chandail rouge autour d'elle en

pinçant les lèvres. Benjamin s'est levé avec les deux mains appuyées sur le bureau et nous a regardés tour à tour. Farid a baissé les yeux. Moi j'oublie toujours. Il y a quelques semaines, nous sommes tombés sur le guide du parfait orateur que Benjamin a reçu à sa dernière formation manager. Le guide conseillait « Regardez tour à tour chacun de vos interlocuteurs dans les yeux, pendant quelques secondes ». Depuis, nous nous efforçons de rendre l'exercice plus stimulant en regardant partout sauf vers Benjamin lorsque c'est notre tour d'être scruté. L'idée, c'est de le mettre en situation de progrès. Puis il a dit :

– Je veux que le projet gagnant soit porté par quelqu'un de l'équipe. Je compte sur vous. Au boulot !

Avec Henri et Farid on allait s'associer, et gagner ce téléphone. Mais il était bientôt midi, et nous avons préféré prendre des forces avant de nous lancer dans la bataille. Nous nous sommes dirigés vers la cantine, conquérants et solennels. Nous avons traversé la grande verrière ensoleillée, bordée de fauteuils accueillants sur lesquels personne ne s'assoit jamais. Je leur ai jeté un regard soupçonneux. Quand j'étais venue passer mon entretien d'embauche ici, ces fauteuils avaient contribué à me convaincre que Vega était une entreprise où il faisait bon vivre. J'avais découvert par la suite qu'ils étaient purement décoratifs. À chaque fois que j'avais essayé de m'y asseoir, l'hôtesse d'accueil était venue me voir en me demandant si j'avais un problème.

Vers 13 heures, nous nous sommes installés dans une petite salle à l'écart de l'open space, pour éviter les oreilles indiscrètes, et nous avons commencé à partager nos idées. Henri avait apporté les chocolats de Farid, et Farid les marqueurs noirs, mais ceux qui s'effacent, pas comme la fois où on jouait au pendu et que le mot CRÉTIN est resté affiché toute la journée en attendant qu'on recolle un double de tableau blanc adhésif. Il se tenait debout près du tableau, marqueur débouchonné, prêt à noter nos fulgurances.

– Je vous écoute, il a dit, après cinq minutes de silence pendant lesquelles nous avons terminé les chocolats avec Henri.

– Est-ce qu'il n'y aurait pas quelque chose à faire avec les drones ?

Henri avait regardé la veille une émission sur les drones utilisés pour aider les arbitres de foot en prenant des vidéos aux meilleurs endroits sans déranger les joueurs. Farid a inscrit « DRONES » en haut du tableau.

– Mais pour quelle application ? j'ai demandé. Parce que les innovations pour les innovations, c'est le meilleur moyen de construire des usines à gaz et de réinventer l'eau froide, j'ai précisé en me rappelant mes cours de stratégie et innovation.

Ils ont reconnu que c'était un bon point.

– Commençons par lister ce qui dysfonctionne, a proposé Farid.

On s'est exécutés. Au début c'était difficile mais un

dysfonctionnement en appelait un autre et par association d'idées on a commencé à identifier un bon paquet de problèmes. Ça commençait par la queue à la cantine. Elle serait aisément résolue par l'ajout d'un stand salade bio pour ceux qui font un peu attention. En proposant une file alternative, cela réduirait le débit des files steak-frites et plat du jour, et on pouvait même espérer qu'elle inciterait les plus pressés des salariés à opter pour la file salade, si toutefois celle-ci était bien conçue, a précisé Henri, car c'était toujours le risque avec les stands en libre service. Pour ceux qui font attention, pourquoi ne pas avoir une salle de gym, comme dans l'entreprise de la femme d'Henri ? De là nous avons pensé à Benjamin, qui est très sportif. Le dysfonctionnement, en ce qui le concernait, était que son bureau était trop près du nôtre. Ça nous empêchait de nous concentrer quand il parlait au téléphone. Puisqu'on parlait de téléphone d'ailleurs, ne pourrait-on pas changer nos anciens modèles pour les remplacer par des téléphones Bluetooth intelligents, dont chaque salarié pourrait choisir la couleur qui lui conviendrait le mieux ? Cela permettrait d'égayer un peu les open spaces. Les téléphones ne dysfonctionnaient pas en tant que tels car on pouvait les utiliser pour passer des appels, a remarqué Farid.

Mais est-ce qu'être laid, c'est dysfonctionner ? Ça dépend si on parle d'une œuvre d'art ou d'une caisse à outils, a dit Henri, même s'il existe des boîtes à outils très jolies. La femme d'Henri, d'après lui, se mettait plus volontiers au bricolage depuis qu'il avait collé des gommettes I love NY sur la caisse à outils. Selon Farid, il aurait fallu de toute façon se mettre d'accord sur ce qu'était la beauté, or on en avait tous des visions différentes, à considérer le tee-shirt qu'Henri portait ce jour-là. Tout sauf l'apparence physique, j'ai répété la règle de nos discussions et j'ai pris le feutre à mon tour, dont je sentais bien qu'il donnait du poids à ma parole.

À cet instant Benjamin est entré dans la salle avec des yeux furibonds car Isabelle attendait l'analyse de prix. Je m'en suis souvenue, c'est vrai que je m'étais arrêtée au milieu des débats de l'Opep. Farid a pris en photo le tableau blanc avec son téléphone – ça rendrait mieux si on avait déjà l'iPhone XX qui est pourvu de l'appareil photo Lumix Pro, il a précisé –, mais c'était surtout pour le contenu de toute façon. Nous avons effacé le tableau pour protéger nos idées. Il faut dire que la semaine précédente nous avions eu une formation sur l'intelligence économique et la protection des données, et c'étaient des histoires à vous faire froid dans le dos. « Vigilance constante », nous avait dit le formateur, ancien agent de la DGSE, tandis que, montrant du doigt un point imaginaire situé sur le mur en face, il fauchait à Farid intrigué le cahier sur lequel figuraient toutes ses notes de la journée.

Le lendemain, nous nous sommes retrouvés très tôt à la machine à café. Ni Henri ni Farid n'avaient bien dormi, l'esprit occupé par les nombreux dysfonctionnements que nous avions listés. Leur importance les frappait maintenant tellement qu'ils n'arrivaient plus à les oublier. C'est tout de même fou d'avoir vécu si longtemps sans le voir, comme disait cette femme à qui l'on venait de faire remarquer le tic de langage de son mari. Retourner à la cantine risque d'être au-dessus de mes forces, disait Henri, je ne peux plus voir cette file interminable alors qu'il suffirait d'ajouter un stand salade. Farid redoutait le prochain appel de Benjamin, qui combinerait le dysfonctionnement du téléphone filaire et celui du niveau sonore de Benjamin, mais se rassurait en pensant que Benjamin était en réunion toute la matinée.

Moi-même, cette séance de brainstorming ne m'avait pas laissée indemne et j'avais rêvé d'innovation. J'étais dans un amphithéâtre aux bancs en bois terne et usé qui ressemblaient à ceux de mon école d'ingénieur et je présentais à une foule agressive mais bien peignée et habillée en costume-cravate ma plus récente invention. Il s'agissait d'une *disloupe panoramique*, fabriquée entièrement à partir de matériaux de récupération. Elle permettait de voir le monde de manière déformée, à l'abri des perspectives classiques, et fournissait ainsi un moyen concret de voir « out of the box ». J'étais sous le feu de vives critiques car on me rétorquait que pour « penser out of the box » il n'était point besoin de « voir out of the box » et que, par conséquent, ma disloupe était pour le moins superflue, si ce n'est contre-productive. Mon réveil avait sonné au milieu d'un débat philosophique dans lequel j'avais été entraînée malgré moi, qui consistait à déterminer si la vision précédait la réflexion, une question dont, à la réflexion, je ne voyais pas du tout ce qu'elle voulait dire.

En voulant s'accouder sur la table, Farid a mis sa manche dans le café qu'Henri venait d'y renverser. Tu ne pourrais pas faire attention ? il a dit, et Henri a essuyé le reste du café avec son avant-bras, puis il lui a tapoté le dos pour le consoler. Les bras d'Henri sont particulièrement poilus, il les appelle « mes petites balayettes portables » et d'après lui c'est en partie grâce à ces attributs que sa femme est tombée sous son charme. Pour laisser ses balayettes apparentes, et parce qu'il a toujours chaud, il porte des tee-shirts été comme hiver, ce qui exaspère Farid, très pointilleux sur le style.

J'ai senti que la conversation allait dévier et j'ai remis le sujet de l'innovation sur la table. Farid et Henri avaient progressé dans des directions différentes. Henri avait passé la soirée à consulter des sites de vente de drones en réfléchissant à la manière de les utiliser pour solder au moins un des dysfonctionnements de manière technologique et innovante. Pour le moment, son idée était d'avoir à disposition un drone que nous aurions dirigé vers Benjamin lorsqu'il parlait trop fort au téléphone. Benjamin, mis dans la confidence du signal, aurait alors compris qu'il devait baisser un peu le ton. Mais ne serait-ce pas contre-productif en terme sonore ? Car un drone pouvait aussi être bruyant, c'était presque certain que nous n'aurions pas les moyens d'acheter un de ces drones furtifs que l'armée américaine employait. D'ailleurs même ces drones furtifs devaient faire du bruit, c'était plus rapport aux radars que rapport au son qu'on disait qu'ils étaient furtifs, a remarqué Henri.

Farid, lui, avait planché sur cette histoire de concentration. Le dysfonctionnement qu'il avait retenu était le niveau sonore et irrégulier dans l'open space, qui nuisait à la concentration, donc à l'efficacité, donc à nos primes de fin d'année, CQFD. Farid avait d'abord pensé à des casques antibruit, mais c'était incommode et Henri qui se met du gel sur les cheveux n'était pas séduit, car le casque aplatit les mèches, et une fois que le pli est déformé, c'est fichu.

Farid avait ensuite envisagé l'installation d'objets antibruit dans l'open space : il s'agirait d'ajouter de la matière textile sous forme de poufs, de coussins et de voilages, pour accentuer l'absorption du son. Là où c'était astucieux, c'est que rien ne nous empêcherait d'utiliser ces poufs et coussins pour nous asseoir dessus, notamment à l'heure de la sieste, et c'était deux innovations pour le prix d'une. Deux innovations pour le prix d'une, ça plaisait bien à Henri, qui achète régulièrement en vente privée des objets dont il n'a pas l'utilité pour le plaisir de savoir qu'il les a eus à moitié prix. Mais nous avions de strictes normes pour le mobilier. Nous n'aurions droit qu'à des poufs qualifiés ignifuges, donc à un catalogue restreint de teintes et de textures. Je craignais aussi que Benjamin ne voie d'un mauvais œil ces accessoires de détente, lui qui avait déjà passé des nuits entières sur un voilier en ne dormant pas plus d'une heure, par tranches de dix minutes.

Nous nous sommes interrompus car l'heure tournait, et nous avions quelques analyses sur la planche.

À la cantine, nos idées ont convergé : pourquoi n'installerions-nous pas de gigantesques haut-parleurs pour diffuser un bruit de fond de type ondes alpha ? Ce son nous aiderait à nous concentrer en masquant les voix irrégulières. Car la concentration, c'était une histoire de fréquence. Parfois un bruit sonore mais homogène est plus supportable qu'un bruit irrégulier et aigu par exemple, a illustré Farid.

– En bonus, a dit Henri, nous pourrons utiliser les haut-parleurs pour écouter les matchs.

Quand c'était Roland-Garros, nous diffusions les matchs sur les grands écrans où figuraient d'ordinaire les prix du gaz et du pétrole, mais le son était très faible, presque inaudible.

Henri a trouvé un article de *Science & Vie*, « La fin des insomnies, des résultats prometteurs », qui s'appuyait sur une étude du Massachusetts Institute of Technology.

Le lendemain, nous avons terminé le dossier. Il se composait d'une diapositive d'explication, qui avait pour titre :

DU BRUIT CONTRE LE BRUIT

Cette diapositive présentait le contexte et la problématique, précisait la solution que nous avions retenue avec trois avantages (*modularité, efficacité, technicité)*, et comparait cette solution avec l'alternative du drone signal, dont nous détaillions trois inconvénients (*sécurité, consommation d'électricité, spécificité*). Suivait un plan de l'open space sur lequel nous avions dessiné où nous positionnerions les enceintes, il y en avait cinq avec connexion Bluetooth. Cela permettait d'éviter le risque sécurité lié aux fils qui courent dans l'open space. L'avant-dernière diapositive présentait le chiffrage du projet, que nous avions complété par l'estimation du manque à gagner lié à la baisse de concentration dans l'open space, estimation prudente. Sur la dernière diapositive figurait l'image libre de droits d'une jeune femme zen qui méditait avec un sourire angélique devant son ordinateur.

Heureux et fiers, nous avons envoyé le dossier à la boîte mail du concours innovation et nous avons croisé les doigts.

Épisode 3

Une question de soleil

Il fallait maintenant attendre.

– Attendre, c'est un art, a dit Farid en se carrant dans son fauteuil, les bras étirés.

Depuis une semaine, il laissait pousser sa moustache. D'après ses calculs, elle aurait atteint la taille requise pour la finale du concours innovation, si nous étions sélectionnés. Ça ne te grandira pas, avait commenté Henri, mais c'est vrai que ça te donne du cachet.

J'ai ouvert en grand le vantail qui donne sur le couloir, pour évacuer l'odeur de vernis à ongles. Le patron de la division Asie, dont le bureau est le plus proche, est venu renifler par ici. Je lui ai proposé un cannelé. Car la semaine commençait bien, Henri avait rapporté des cannelés de chez sa tante à Bordeaux.

Henri, pourtant, avait l'air soucieux.

– J'ai un moment, si tu veux discuter, ai-je proposé.

Ce serait l'occasion de différer le début de mon travail sur les prix du quota de CO_2, ce qui n'était pas pour me déplaire. Avec Farid, nous l'avons suivi dans la salle café.

J'ai posé les cannelés sur la table haute. Le coffret rouge Baillardran brillait sous les néons blafards et me mettait l'eau à la bouche. J'ai dénombré discrètement les cannelés restants, il y en avait sept. Je pouvais espérer en manger trois, voire quatre : connaissant Henri, s'il les avait apportés, c'est qu'il n'aimait pas beaucoup ça. Nous nous sommes juchés sur les tabourets blancs.

– Je vais être bref, il a dit. J'ai appris ce matin, en relevant mon courrier, qu'un immeuble sera construit juste derrière le mien. Ma femme a discuté avec les voisins, ils sont formels. Jusqu'au deuxième étage, l'immeuble empêchera le soleil d'arriver directement dans les appartements. No more sun – Henri parle souvent anglais quand il est ému –, no more sun pour nous qui sommes au premier. Je suis sur les nerfs !

Les cannelés étaient délicieux. J'en ai attrapé un deuxième tout en digérant l'information. J'étais sincèrement désolée pour Henri. J'avais des idées très arrêtées sur le pouvoir du soleil, et il me paraissait invraisemblable qu'on puisse en être privé sans préavis. Farid s'est enquis de la réglementation sur le sujet. Henri n'était pas encore très renseigné, mais ce qu'il pouvait nous dire, c'est qu'il n'allait pas se laisser faire comme ça. Forte de notre collaboration sur le concours innovation, je leur ai proposé un brainstorming.

– Il y a sans doute des solutions. Je pense en vrac à des enceintes qui diffuseraient des ondes sonores pour perturber la construction, ou même à un recours juridique.

– Je ne crois pas qu'on puisse tout résoudre avec le

bruit, mais je veux bien qu'on en reparle à l'occasion. Boys, je vous remercie. Ça tombe le jour de notre anniversaire de mariage, en plus. Holy shit !

Il s'est levé, les épaules basses, en emportant avec lui le reste des cannelés. Nous l'avons regardé parcourir le couloir, avec sa démarche d'ogre bourru aux baskets rutilantes. Henri avait besoin de nous, et nous allions répondre présent.

Il était 11 heures. Si je revenais à mon bureau, je risquais de tomber sur Benjamin qui me demanderait des nouvelles de mon analyse. Le plus simple était de filer directement au service juridique, pour y retrouver Séverine. Non seulement je devais relire un contrat avec elle, mais en plus le jeudi était le jour des viennoiseries au service juridique. Les cannelés m'avaient ouvert l'appétit. Le sucre, c'est comme la liberté, j'ai pensé, une fois qu'on y a goûté, on en veut toujours plus. J'aurais bien noté cette comparaison, mais je n'avais pas mon carnet sur moi. J'ai mis la phrase de côté dans mon cerveau et emprunté l'escalier vers le quatrième étage.

Contrairement à l'équipe Marchés, les juristes n'étaient pas dans un open space. Ils disposaient de bureaux individuels à l'ambiance feutrée. Si le métal, le verre et les écrans dominaient à notre étage et à celui des traders, l'étage des juristes était plus boisé, plus intimiste. Certains bureaux avaient des tables en bois, quelques-uns des tableaux sur les murs, parfois même des livres sur les étagères. J'aimais l'atmosphère de cet étage. Mais sa douceur n'était qu'apparente. Toutes les fois où j'allais la voir, Séverine croulait sous le boulot.

Elle m'a fait signe de m'asseoir sur le siège invité.

– Comment vas-tu, Lucie ?

– On fait aller, j'ai dit. Toujours un peu le pétrospleen, mais on vit avec.

Séverine a acquiescé distraitement, fouillant dans ses papiers à la recherche du dernier contrat que Benjamin lui avait demandé.

– Il avait dit que c'était pour hier, a-t-elle ajouté, l'air soucieux. Je l'avais pourtant sous la main il y a une heure à peine.

Pour me faire patienter, elle m'a proposé des croissants. Ce n'est pas de refus, j'ai dit, puis elle s'est demandé où je les mettais parce que j'étais toute mince, et j'ai répondu que c'est parce que j'étais grande que j'avais besoin de beaucoup manger. Nous avions cette même conversation un jeudi sur deux environ, c'était pour rire, une plaisanterie entre nous. Enfin… en voyant Séverine plongée dans ses papiers, j'ai soudain eu un léger doute. S'était-elle vraiment aperçue que nous rejouions cette scène à chaque fois ?

Séverine devait achever la relecture d'une dizaine de contrats pour la semaine prochaine alors que sa fille était malade. Elle risquait de rater son rendez-vous chez le médecin. J'ai mesuré une fois de plus combien les destinées peuvent être différentes à quelques étages d'intervalle. Pourquoi ne pourrions-nous pas nous en charger, de ces contrats, avec Farid ?

– Je veux bien, mais vous n'y connaissez rien.

J'ai rassuré Séverine : je ne m'y connaissais pas plus sur les sujets sur lesquels j'écrivais des notes à destination des traders et pourtant ils les lisaient et en redemandaient. Pourquoi ne pas procéder de la même manière pour ses contrats ?

Un document en particulier lui donnait du fil à retordre. Il s'agissait d'un contrat préparé par le service juridique de Verdita, une petite filiale qui s'était spécialisée dans la vente d'énergie renouvelable. Sur le conseil du service marketing, la filiale avait acheté une véritable éolienne. Cette éolienne serait un symbole, m'expliquait Séverine. Avec l'éolienne, Verdita montrerait qu'elle produisait véritablement de l'électricité renouvelable, qu'elle ne se contentait pas de la commercialiser.

Manque de pot, une association écologiste avait identifié un repaire de lézards à l'extrémité du champ. Elle s'opposait donc à l'installation de l'éolienne, qui risquait de perturber l'habitat naturel du lézard. La construction, qui aurait dû durer quelques mois, était ainsi reportée d'année en année.

Il s'agissait ici de relire le contrat prévoyant la mise en place d'un pierrier à lézards dans une zone annexe, située deux champs plus loin. L'accord engageait Verdita à surveiller le nombre et l'hygiène de vie des lézards pendant vingt-cinq ans et à garantir la présence d'un minimum de cinq lézards en période d'hiver. En cas de décroissance de la population, de fortes pénalités étaient prévues. En contrepartie, Verdita pourrait installer l'éolienne après une phase de test. Ce contrat avait été négocié par les contract managers les plus expérimentés, il ne restait qu'à vérifier quelques aspects réglementaires. Oui, je pouvais relire ce contrat sans difficulté. Je pensais à un ami, François, qui faisait lui-même partie d'une association écologiste. Il pourrait me donner un coup de main. Je l'ai appelé, il était disponible pour déjeuner vendredi prochain.

Séverine m'a remerciée, et je suis repartie sans oser lui demander de regarder le contrat pour lequel j'étais venue.

Je suis retournée au troisième étage en passant par l'escalier de secours pour prendre un peu l'air. De ce côté-ci, on n'apercevait que des immeubles, surplombés de quelques grues appartenant au chantier voisin. Il faisait gris et froid pour une matinée d'été. Seule éclaircie dans le paysage, là-bas, contre un hangar en bardage, un petit carré de pelouse sur lequel s'affairaient deux ouvriers en habit jaune fluorescent.

Avant que Benjamin ne revienne, j'ai expédié l'analyse sur les prix du quota de CO_2.

Le prix du quota de CO_2, d'ailleurs, vous voyez bien ce que c'est ? CO_2, c'est l'abréviation du dioxyde de carbone, un des principaux gaz responsables du réchauffement climatique.

Le 1er janvier 2005, l'Union européenne a mis en place un marché de certificats de CO_2, espérant qu'il permettrait d'encourager progressivement la réduction des émissions de CO_2. Le principe ? Les industriels qui émettent du CO_2 avec leurs activités doivent détenir autant de certificats de CO_2 qu'ils en ont émis. Un certificat, un quota, c'est un tampon électronique en quelque sorte. Ces certificats sont vendus ou cédés par les gouvernements, via des enchères ou des allocations gratuites. Ensuite, ceux qui polluent peuvent se les revendre, les échanger, sur ce marché. Puis chaque année, on calcule la somme de leurs émissions de CO_2 sur l'année précédente, et ils doivent présenter des certificats de CO_2 pour toutes les tonnes de CO_2 qu'ils ont émises. Comme dans tous les marchés, il s'établit donc un prix pour ces quotas, qui reflète, en théorie, l'équilibre entre l'offre et la demande. L'idée était bonne : plus le prix de la tonne de CO_2 serait élevé, plus les industries polluantes se tourneraient vers des solutions moins émettrices, car ça leur reviendrait moins cher en certificats. Mais ce système a d'abord été un fiasco retentissant : le prix de la tonne de CO_2 s'est fixé à un niveau très bas, en dessous de 10 euros la tonne, ce qui est bien trop faible pour constituer une incitation pour les pollueurs. Pourquoi un tel prix ? Parce qu'il y avait beaucoup trop de certificats émis par rapport à la pollution concernée par ce marché. L'Union européenne a alors voté de nouvelles mesures pour réduire les certificats mis en circulation. Laborieusement, ces mesures, dont la création de la Réserve de stabilité du marché, ont permis de rehausser le cours du quota de CO_2. Depuis 2019, il grimpe sans cesse, et en septembre 2021, il dépasse 60 euros la tonne. L'histoire continue, mais je vous en parlerai plus tard…

Une fois mon analyse terminée, je me suis attelée au contrat sur les lézards. L'engagement et les pénalités portant sur une espèce particulière de lézards, ils avaient mis des photos en annexe pour illustrer, et je les trouvais rudement mignons. Il fallait vérifier que les textes cités étaient bien exhaustifs et applicables. Farid n'était pas encore revenu. J'ai demandé conseil à Hortense. Connaissait-elle la réglementation relative à la protection de l'environnement ?

Hortense m'a informée qu'elle venait de terminer un dossier très compliqué sur le gaz, et qu'elle était donc très détendue et disposée à m'aider. Ensemble, nous avons passé une heure à recenser les lois, règlements et arrêtés applicables, pour les comparer avec ceux qui figuraient dans le contrat. Tout semblait en ordre.

Lorsqu'il est revenu de réunion, Farid nous a entendues parler de lézards. Je lui ai expliqué toute l'histoire de Verdita. Il s'est gratté le crâne, avec un doigt, comme il fait toujours quand il réfléchit, par peur d'avoir l'air vraiment intelligent, et m'a demandé :

– Est-ce que ça ne serait pas une bonne nouvelle pour Henri ?

– Précise ?

– Les lézards ont permis de décaler la construction des éoliennes pendant cinq ans. Tu te souviens de ce qu'Henri nous a dit ce matin ? L'immeuble qu'ils vont construire juste derrière son appartement, et qui va masquer tout le soleil au point que sa femme veut déménager ?

– Il n'y a pas de lézards dans le terrain vague derrière son appartement.

– Il n'y en a pas, pour l'instant, a dit Farid.

Farid a toujours des idées originales. J'ai consulté le site de référence en la matière. Tous les permis de construire ne requièrent pas d'étude d'impact. Mais la surface des bureaux qui allaient être construits derrière chez Henri les classait dans la catégorie des permis de construire dont l'étude d'impact peut être requise, décision au cas par cas d'après l'annexe de l'article R122-2 du code de l'environnement.

Il fallait creuser sans tarder. Moi, je m'occuperais de trouver des lézards suffisamment rares. Farid allait solliciter une étude d'impact et sensibiliser la mairie à ce sujet.

Épisode 4

Le projet Timon

Vers la tour sévère
J'aurais bien fait demi-tour
Sur l'escalator

Ce mardi matin, la fête battait son plein à la machine à café. Benjamin avait apporté des loukoums, c'était son anniversaire. Quelques traders nous ont rejoints pour l'occasion. Encore un peu endormie, j'ai écouté le brouhaha des conversations sans y participer. J'avais passé la soirée à faire des recherches sur les espèces protégées de lézards. Le lézard ocellé, *Timon lepidus*, était un bon candidat.

D'abord, j'avais hésité à retenir le lézard des murailles, *Podarcis muralis*. Il apprécie les environnements minéraux et c'est d'après Wikipedia « le plus urbain » des lézards. Il ne serait pas perdu sur un chantier. Mais il est très répandu, pas de quoi retarder la construction d'un immeuble. Le *Timon lepidus*, au contraire, fait partie des sept espèces de reptiles menacées de disparition en France. Un plan d'action national a été mis en place pour le préserver.

– Sa mère est malade ?

J'ai entendu de grands éclats de rire. « Sa mère est malade », c'était leur formule d'usage pour plaisanter sur la disparition d'un trader. Quand un trader perdait trop d'argent, il s'évaporait du jour au lendemain. D'après Henri, ils partaient alors au bout du monde dépenser leur bonus de l'année précédente, avant de retrouver du travail chez un concurrent.

À l'automne, il y a toujours un peu de casse chez les traders énergie. L'automne est une période risquée : on attend l'hiver, il faut faire des stocks de gaz, de charbon, sans trop savoir s'il fera froid ou chaud. Et puis surtout, le marché de l'électricité français guette l'état de santé du parc nucléaire. Notre plus gros concurrent, qui possède toutes les centrales, est tenu de rendre publics tous les bilans de santé des centrales. Nos traders s'en emparent comme un jeune investisseur s'empare des radios du propriétaire du viager qu'il vient d'acquérir. Leur sang-froid m'impressionne toujours.

Philippe, qui nous avait rejoints, a demandé un peu de silence.

– Je profite qu'on soit tous ensemble pour vous toucher un mot de la journée interne de la diversité.

Il a regardé Linda.

– Vous avez bien noté, c'est mercredi prochain. Au programme, il a dit en consultant le papier que Linda lui avait donné, des petits ateliers. Vous pouvez vous inscrire par mail auprès d'elle.

Linda lui a souri, l'air d'attendre la suite. Philippe a repris :

– La Com' s'est surpassée cette année, il y aura des conférences, des jeux de rôles… Pour ceux qui ont mis la Com' dans leur antispam, elles ont même fait des flyers.

– Merci Philippe ! a dit Linda. C'est vrai que l'an dernier vous aviez plutôt brillé par votre discrétion.

Elle s'est tournée vers nous et elle a saisi un loukoum.

– Chacun peut mettre la main à la pâte, parce que la diversité, a-t-elle dit en brandissant le loukoum, c'est aussi ça, et ça a vraiment du bon !

À la cantine, j'ai présenté à Farid et Henri les arguments qui m'avaient conduite à retenir le *Timon lepidus*. On s'est mis d'accord pour baptiser le projet « Timon ». Lors de mes recherches j'avais lu que le zoo de Vincennes avait récemment acquis des *Timon lepidus*. Je m'y rendrais au plus vite, pour évaluer nos chances d'en emprunter quelques spécimens. Ça risquait de n'être pas si simple, m'a mise en garde Farid. Pourquoi nous en donneraient-ils ? Et pourquoi pas, si nous leur construisions un petit nid sur le terrain vague ? J'avais souvent expérimenté que quand on les pousse avec son cœur, les portes s'ouvrent. De son côté, Farid avait récolté de nombreuses informations sur le projet de construction derrière l'immeuble d'Henri, à Colombes.

Henri nous a remerciés.

– Boys, je suis touché par ce que vous faites. Bien sûr, il

a ajouté, le regard soucieux, je ne peux pas m'en mêler de trop près. Les enquêteurs risqueraient de remonter la trace jusqu'à moi et cela nous mettrait tous en danger. Pourtant, j'en aurais envie. Je vous aiderai autant que je peux. En tout cas, careful, attention aux oreilles indiscrètes.

Farid était de plus en plus moustachu. Tandis qu'il essuyait les traces de yaourt de sa moustache, il nous a raconté avec émotion le concert qu'il avait entendu la veille, au théâtre des Champs-Élysées. Henri a loué sa patience.

– Moi je m'ennuierais, je déteste rester assis sans rien faire.

Nous nous sommes dirigés vers notre salle café. À cette heure-ci, nous serions tranquilles, Benjamin était parti courir.

L'après-midi même, la première sélection du concours innovation serait publiée.

– Ne vous faites pas trop d'idées !

Henri était prêt à parier que nous ne serions pas sélectionnés. Il a posé ses avant-bras sur la table pour nous impressionner et dit, avec le ton docte qu'il prend lorsqu'il juge que nous ne sommes pas à la hauteur :

– Je m'explique : il est impossible de quantifier la valeur d'une innovation technique. Un échec ne signifierait pas que notre idée est mauvaise, au contraire. L'histoire des sciences montre bien que certaines inventions majeures ont été utilisées et reconnues des siècles entiers après leur découverte. Et je crois bien que nous avons frappé un peu trop fort avec notre proposition.

Si on allait du côté des généralités, j'avais du répondant.

– Les savants et les sorciers donnent à l'homme insatiable des pouvoirs démesurés qu'il ne mérite pas toujours, j'ai dit en pensant à tous les gadgets électroniques qu'Henri achetait.

Farid et Henri n'étaient pas d'accord. Selon eux, les innovations contenaient toujours en elles-mêmes les germes d'une nouvelle sagesse.

– Mais c'est à l'homme de la décrypter, a dit Farid.

Henri a épousseté sur ses bras du sucre glace des loukoums en acquiesçant avec gravité. Pour nous mettre tous d'accord, je leur ai parlé de ces petits appareils permettant de faire mousser le lait en une minute. Ces appareils se vendaient en Allemagne depuis vingt ans, tandis qu'ils n'étaient apparus en France qu'au cours des dix dernières années. Ainsi, j'ai déduit, il n'y avait pas d'absolu de l'innovation, mais seulement des habitudes et des modes qui rencontrent des machines, tout comme nous rencontrions cette machine à café tous les jours. Il ne nous restait plus qu'à attendre le résultat de la sélection préliminaire.

Isabelle est arrivée, et je me suis souvenue aussitôt qu'il fallait que je retourne à mon bureau pour terminer une analyse. Farid et Henri n'ont pas réussi à partir à temps. Quand j'ai quitté la salle, elle leur demandait leur avis sur les récentes dispositions que l'Union européenne avait prises pour atteindre ses objectifs de réduction d'émissions.

– Ça dépend de quelles émissions on parle, a commencé

Farid, il faut préciser, après tout la monnaie on l'émet aussi.

– Et les émissions télévisées, il y en a de moins en moins mais faut pas les oublier, a complété Henri, soucieux d'être exhaustif.

Je n'ai pas pu entendre la suite car je devais vraiment y aller.

À 15 heures, Henri s'est connecté sur le site interne de l'entreprise : la liste des finalistes allait être dévoilée. Avec Hortense et Farid, nous nous sommes approchés de son écran.

C'est là que nous avons vu apparaître, en 3e position, notre projet, « Du bruit contre le bruit ». Juste derrière « Optimiser la différence » et « Smart accessoires ». Tout le monde s'est tu. J'ai relu plusieurs fois, mais c'était bien la liste des projets retenus. Henri s'est retourné vers nous.

– Eh bien !

– À nous l'iPhone, a dit Farid pour faire bonne figure, car je crois qu'au fond aucun d'entre nous ne s'y attendait.

Benjamin est revenu, le visage à la fois défait et exalté. Il nous a raconté ce qui s'était passé ce matin pendant la délibération. C'était à cause d'Eugène Sauderet, il a dit. Il nous a expliqué qu'Eugène Sauderet était un ancien directeur Innovation, maintenant proche de la retraite. Débarqué de son poste à l'Innovation il y a cinq ans, il avait refusé de prendre de nouvelles missions, mais l'entreprise ne l'avait pas licencié, en souvenir de ses trente ans de bons et loyaux services dans la boutique. Il rédigeait quelques notes par-ci par-là et jouait maintenant le rôle d'un consultant d'innovation sans responsabilité managériale. Avec les années, il était d'ailleurs devenu réfractaire au changement, a ajouté Benjamin. La majorité de ses notes pointaient du doigt l'inefficacité des innovations mises en place. Au départ, il s'était opposé vigoureusement à l'organisation du concours innovation, arguant qu'il n'en résulterait que des âneries technophiles sans queue ni tête. Le directeur Innovation était passé outre ses reproches et pour l'amadouer lui avait même proposé de présider le jury, pensant sans doute qu'il refuserait. À la surprise de tous, Eugène avait accepté le rôle. Il semblait même le prendre très au sérieux. Après que l'ensemble du jury avait condamné notre projet – le directeur Innovation l'avait qualifié d'ubuesque –, Eugène Sauderet l'avait défendu avec fièvre. Il avait utilisé son mandat de président de jury pour le hisser de force dans la liste des trois projets finalistes, parce que vous en voulez de l'innovation vous en aurez, avait-il ajouté.

– Merci Eugène, a dit Henri, pour conclure cette histoire.

Benjamin n'a pas répondu. Il a félicité Hortense pour sa proposition d'un stand-up meeting éclair transverse toutes les semaines, proposition qui avait retenu l'attention d'un certain nombre de membres du jury, mais pas assez cependant pour une qualification.

Nous sommes partis prendre un Nespresso à l'étage des traders pour nous remettre de nos émotions. Pendant que nous mangions les viennoiseries qui traînaient sur la table, Farid a retrouvé l'étude du Massachusetts Institute of Technology cité dans l'article de *Science & Vie* dont nous avions tiré notre innovation. À sa lecture, il est apparu que *Science & Vie* avait été un peu optimiste. Les études sur les ondes alpha n'en étaient qu'à leur balbutiement, des résultats contradictoires apparaissaient. Tandis que certains rats de laboratoire semblaient s'apaiser lorsqu'on diffusait les fréquences alpha adéquates, d'autres avaient eu des séquelles irréversibles à l'oreille interne. L'article du MIT ouvrait des perspectives, mais ne démontrait pas grand-chose. Henri a dit que nous avions eu beaucoup de chance que *Science & Vie* ne propose pas l'utilisation de trous noirs pour lutter contre le bruit, car Farid et moi aurions été assez stupides pour le croire.

– C'est toi qui as trouvé l'article, a rappelé Farid.

– C'est la faute de ma femme, c'est elle qui est abonnée, s'est excusé Henri, elle pense que ça lui permet de mieux comprendre mon travail d'ingénieur.

– Ne nous énervons pas, j'ai dit.

Je ne voyais rien à reprocher à personne. Nous avions une chance de gagner un iPhone et d'installer des enceintes dans l'open space, et Eugène Sauderet avait l'air très aimable.

Je suis retournée à mon bureau pour avancer mon analyse sur l'évolution des prix de l'électricité. Depuis quelques jours, ils évoluaient en parfaite harmonie avec ceux du gaz et du CO_2. C'était la situation idéale pour les analyses : je n'avais qu'à renvoyer vers les analyses d'Hortense et de Farid, qui étaient en charge du gaz et du CO_2 cette semaine-là. Décidément, aujourd'hui, tout nous réussissait.

Il était encore tôt, l'après-midi s'étirait en longueur. J'ai sorti mon carnet noir et empilé les quelques feuilles qui traînaient sur mon bureau. À cette heure-ci, le soleil inondait notre open space, je le sentais réchauffer ma nuque et mes bras. Je me suis enfoncée dans mon fauteuil avec un sourire béat. J'allais mettre à profit le temps restant pour m'atteler à un projet qui me tenait à cœur depuis longtemps.

Épisode 5

Le bottin artiste de l'entreprise

Il s'agissait du bottin artiste de l'entreprise. Grâce à ce bottin, j'espérais créer du lien dans nos existences séparées, adoucir un peu nos interactions professionnelles. Trop souvent nos échanges se résumaient à des comparaisons de chiffres et des critiques de tableaux Excel. J'en éprouvais une tristesse confuse, l'impression d'un rendez-vous manqué permanent.

Mon idée était simple : d'abord, prendre chaque employé en photo. Ensuite, discuter avec lui jusqu'à le connaître assez pour rédiger un haïku qui lui corresponde. J'y ajouterais un dessin à l'encre de Chine, une forme hybride combinant un objet en lien avec l'énergie et une représentation stylisée de l'employé. Par exemple, je me représenterais moi-même en une longue silhouette, bras levés vers le ciel, émergeant élégamment d'un puits de pétrole dans une gerbe de sang et de fleurs. Un peu comme ces femmes qui sortent des gâteaux dans *Lucky Luke*, vous voyez ?

Je rêvais que nous puissions ensuite offrir à chaque employé une carte de visite avec au recto son nom et au verso le haïku et le dessin. Il ne me restait qu'à convaincre Benjamin que ce projet était d'utilité générale. J'ai hélé Farid, qui regardait sur son écran le cours du gaz, une règle à la main pour déceler une tendance.

– Si je te dis 5-7-5, ça te dit quoi ?

Farid m'a regardée avec méfiance.

– Il y a peut-être une astuce.

– Essaie toujours.

– Deux accords de dominante et une septième ?

Il faut dire que Farid s'est mis au violon récemment, avec l'ambition de jouer la *Chaconne* avant janvier prochain. Il reste trois mois, c'est dire si ses week-ends sont remplis. Il nous montre souvent les cals sur ses doigts, pour nous impressionner. Forcément, ça en impose. À l'inverse, depuis que je me suis mise au jonglage, j'ai quelquefois eu des courbatures aux avant-bras mais aucun stigmate visible. Henri dit que c'est là qu'on voit toute la différence entre un loisir noble et un plaisir superficiel. Lui-même a une cicatrice sur le genou, vestige d'un temps où il skiait tellement qu'il aurait pu devenir professionnel si sa mère l'avait laissé faire. Je lui ai donné l'indice clé :

– Pense littérature.

Puisque Farid ne trouvait pas et que le temps pressait, je lui ai expliqué, ainsi qu'à Benjamin et Henri qui revenaient de réunion, que 5-7-5 c'était le nombre de pieds d'un haïku en français, et qu'il y en aurait dans le bottin. Autrement dit :

– Con-ci-si-ion et ryth-me, j'ai scandé en sept syllabes.

Puis j'ai lu : « Poème classique japonais de dix-sept syllabes réparties en trois vers (5, 7, 5), permettant de noter les émotions, le moment qui passe, et qui émerveille ou qui étonne. »

Henri ne connaissait pas le principe, et la définition lui a bien plu. Puisqu'ils étaient courts, on pouvait en lire plus dans le même temps, et c'était un avantage non négligeable par rapport à de la poésie classique.

Hortense est arrivée, de retour d'une réunion sur les marchés dérivés. Elle a déposé son cahier et son ordinateur sur son bureau et s'est assise à sa place.

– Qui a utilisé ma chaise ? s'est-elle enquise, soupçonneuse. La hauteur a été modifiée.

– Je crois que c'est Benjamin, quand il a revu les slides de Farid.

Le bureau d'Hortense est contigu à celui de Farid, lui-même en face du mien. Hortense a pesté à mi-voix, car Benjamin, dont le bureau est dix mètres plus loin, a une bonne oreille.

Hortense était la candidate idéale pour inaugurer mes haïkus, car elle n'était pas au courant du projet. Ça me permettrait de tester si je devais aborder le haïku en amont ou en aval de l'entretien.

– Un café ? j'ai essayé de prendre une voix douce et réconfortante.

J'ai toujours l'impression que je dois me faire pardonner quelque chose, quand j'interagis avec Hortense. Pourtant, il n'y a rien qui bloque entre nous, rien de plus qu'une divergence de vues sur la marche du monde. Elle a déposé son ordinateur et saisi sa tasse immaculée. On oublie souvent de la prévenir quand on va au café et cela lui fait de grosses journées, mine de rien.

Dans le couloir nous avons croisé Philippe en élégant col roulé noir. Il avançait tête baissée en pianotant sur son smartphone.

– Situation dangereuse, j'ai dit pour plaisanter, et pour montrer que j'avais été attentive au séminaire sur la santé et la sécurité au travail.

Il a relevé la tête et m'a souri. Les sourires de Philippe sont rares. Emplie de fierté, j'ai continué la tête haute dans le couloir. Ne se pouvait-il pas, tout compte fait, que je sois à ma place dans cette grande entreprise énergétique ?

Hortense s'est juchée sur le tabouret face à la machine. Tandis que le café coulait, j'ai détaché l'affichette qui nous demandait d'être vigilants car un accident de plain-pied, lié à un dossier rangé à même le sol sur une voie de passage, s'était produit la semaine précédente. Henri faisait collection de ces affichettes. Elles étaient de plus en plus difficiles à trouver depuis le déploiement des actions de sensibilisation sécurité sur notre site.

C'était le moment. J'allais commencer par une question brise-glace :

– Comment s'est passée ta semaine ?

Ça n'a pas pris comme je voulais. Elle m'a rappelé qu'on était mardi. Mais je ne me suis pas découragée, car la persévérance est l'apanage des plus têtus, comme je me répète souvent.

– Si tu devais choisir une couleur, ce serait laquelle ?

Hortense s'est penchée vers le panneau en métal du distributeur, scrutant ses racines dans le reflet.

– Je trouve assez malvenu de me faire cette remarque, attendu que je n'ai pas eu une minute à moi depuis que Paul est né. La grossesse a été épuisante et j'ai quelques cheveux blancs depuis, mais tu ne peux pas le savoir bien sûr, que c'est épuisant.

L'avantage avec Hortense, c'est qu'elle n'a pas peur de rentrer dans le vif du sujet. J'ai préféré enchaîner, car il me fallait encore un peu plus de matière. J'ai essayé avec des questions plus fondamentales :

– Est-ce que tu aimes les prix de l'énergie ? Et si tu devais choisir un combustible fossile par exemple, lequel prendrais-tu ?

– Je te rappelle que je suis responsable des analyses sur le gaz en particulier, et je n'ai pas l'intention de changer, si c'est ce que tu me demandes.

Hortense a vidé son café et s'est levée. Nous sommes retournées à notre bureau, où elle a commencé à taper très fort sur son clavier. J'ai senti que je ne pouvais pas en demander davantage et que je devrais me débrouiller avec les informations glanées. J'ai relu les règles de création des haïkus, il fallait des références à la nature, aux saisons, des images simples. D'un jet, car il fallait de la spontanéité, précisait la définition, j'ai composé celui d'Hortense :

Des cheveux d'hiver
Gaz logé dans les entrailles
Force dans les doigts

Je l'ai recopié au Stabilo vert, en soignant mon écriture, puis j'ai déposé le papier sur le bureau d'Hortense, en lui disant que j'avais fait un poème à partir de son interview. Hortense a saisi la feuille et, sans même le lire, m'a reproché d'avoir fait un poème à son insu, ce qui s'apparentait à une violation de personnalité. Et qu'il était sans queue ni tête, a-t-elle ajouté après l'avoir lu.

Pour ce premier essai, le résultat était décevant. Il était déjà tard, j'ai préféré partir. La journée était encore passée en un clin d'œil. Sur le chemin, j'ai croisé Philippe à nouveau. Après les portillons, Hervé de l'accueil nous a souhaité une bonne soirée. Nous avons descendu les marches, une par une et avec précaution, car elles étaient luisantes de pluie.

Tout en bas, contre la rampe, au niveau de la bordure du gazon, se trouvait un homme, allongé, recouvert d'une veste molletonnée kaki. Il semblait dormir, en chien de fusil. Il ressemblait à un chasseur. Ses cheveux étaient rassemblés en dreadlocks nouées par des élastiques roses. La couleur candide de ces élastiques contrastait avec sa veste et me le rendait sympathique.

Philippe a regardé sa montre.

– Il est 19 h 10, il m'a précisé, je file.

Je suis restée debout en bas des marches : 19 h 10, c'était tôt pour dormir. D'ailleurs, il n'y a pas d'heure pour dormir sous la pluie.

C'est parfois embarrassant comme la vie vous tombe dessus alors que vous avez faim et que vous savez qu'il vous reste de la croziflette de la veille dans le frigo. Mais j'ai senti un haïku qui venait, alors j'ai sorti le carnet et j'ai écrit :

Chassé sous la pluie
Il dort. Si les gouttes pleurent,
Ses cheveux sourient

Ce n'était pas un haïku rigoureux. Il manquait la saison, quoique la chasse soit une activité saisonnière, donc je pouvais espérer m'en sortir ainsi. Cela dit, les hommes seuls qui dorment à toute heure sous la pluie sont certainement chassés en toute saison.

Voilà que j'avais honte. Le type dormait toujours et je venais de lui écrire un haïku à son insu. S'il ne le savait pas, c'était peut-être moins grave. C'est en tout cas ce que disait Benjamin lorsqu'il retirait son alliance avant de se rendre aux soirées d'entreprise, mais je me méfiais de moi. Comme dans la nouvelle de Poe où le coupable finit par crier haut et fort le meurtre qu'il est le seul à savoir avoir commis, je pouvais être certaine que le haïku volé me tarauderait la nuit, venant fragiliser mon sommeil hésitant.

Je me suis accroupie. Peut-être pouvais-je le lui murmurer dans son sommeil ?

– Chassé sous la pluie, j'ai chuchoté en m'approchant de son oreille.

J'ai eu le souffle coupé par l'odeur d'essence qui se dégageait de lui. La pluie coulait dans mon col. L'homme a gémi. Il s'est relevé, prenant appui sur un bras. Je voyais son visage maintenant, une barbe brune, des fossettes à la commissure des lèvres. Il voulait de l'eau, c'était drôle de la part d'un homme aussi humide. Je n'avais rien sur moi. J'ai avisé Hervé en haut des marches, il lui a donné sa bouteille.

– Ça va mieux, a dit l'homme après avoir avalé trois grandes lampées.

Il avait les yeux sombres, avec une drôle de lueur, presque malicieuse. Je me demandais si le moment était venu de lui dire pour le haïku.

– Vous aimez la poésie ?

Sur sa barbe, les gouttes de pluie se mélangeaient avec l'eau qu'il buvait. Il a haussé les épaules.

– Tenez, c'est un petit poème pour vous, ai-je dit en lui tendant le papier.

Je me sentais parfaitement ridicule.

– Je m'appelle Lucie, j'ai ajouté.

Il a tendu la main et attrapé la feuille en me dévisageant. Je suis partie et j'ai laissé la pluie goutter sur lui en espérant qu'elle ne tremperait pas le papier avant qu'il puisse prendre connaissance du haïku volé.

Le lendemain, Farid m'a proposé de m'aider pour l'écriture du haïku d'Henri. Nous avons filé à la cafétéria, avant la réunion d'équipe. Le mercredi la journée est dense et les réunions s'enchaînent. Celle de l'après-midi est une réunion transverse stratégique que nous ne pouvons pas manquer quand nous sommes là, c'est pour cela que dans la mesure du possible j'essaie de poser des jours de congé le mercredi. Des syndicalistes distribuaient des chocolats roses avec des tracts. J'en ai pris un et nous nous sommes installés dans notre coin, au fond, la table collante.

– Henri est un homme simple et bon, j'ai commencé. Ce qui évoque une douceur sucrée comme du chocolat, par exemple. Ou le parfum d'une fleur. Quelque chose de simple, une joie évidente.

– Des pétales de rose ? a proposé Farid.

– Cinq syllabes, ça fonctionne.

Je l'ai écrit sur le tract.

– Il ne faut pas oublier qu'il est passionné de sport, a continué Farid, qu'il y consacre beaucoup de temps.

Nous nous sommes rappelé le sourire d'Henri quand il avait réussi à afficher Roland-Garros sur le grand écran de l'open space, à la place des prix. Nous avions tellement d'anecdotes sur lui. J'ai repensé à l'autocollant, I love NY, qu'il avait mis sur sa caisse à outils pour que sa femme ait davantage envie de bricoler. Depuis, j'avais trouvé un autocollant identique et je l'avais collé sur sa souris, pour l'encourager au travail. J'ai résumé en un jet :

Pétales de rose
La lucarne illuminée
Cœur sur la souris

C'est à cet instant que je me suis aperçue que l'exercice était ardu. Non, impossible de résumer Henri à ce haïku. Je me rappelais ses bras poilus, sa carrure de rugbyman et sa voix rugissante. Il était simple et bon, mais peut-être qu'enfermer quelqu'un dans dix-sept syllabes est impossible, après tout. Mieux valait renoncer. Farid n'avait pas d'avis, mais nous étions déjà en retard pour la réunion d'équipe. J'ai pris mon calepin et barré le bottin artiste de ma liste. À côté, pour conclure, sans respect des règles artistiques du haïku, mais dans leur triste respect métrique, j'ai écrit d'une traite :

Une réunion
Encore une autre, toujours
Ainsi les jours passent.

Épisode 6

Un monde effervescent

Enivrés et défaits
Dans ses bras vaporeux
Ils ont le pétrospleen

Le lendemain, j'ai travaillé de chez moi. J'habite un tout petit appartement gare de l'Est, au sixième étage d'un immeuble haussmannien, dans la rue Philippe-de-Girard. Mon appartement comporte un balcon microscopique sur lequel j'essaie de faire pousser un pied de vigne et un seringa. J'y ai installé une petite table entre les deux pots de terre, ce qui me permet d'y travailler tout en bénéficiant d'une vue splendide sur les rails de la gare de l'Est.

Ce matin-là, le ciel était d'un bleu glacial. Je me suis couverte d'une parka et d'un bonnet, et je me suis attelée à mon analyse de prix.

Sur la messagerie instantanée, Farid et Henri, qui avaient décidé de rester chez eux aussi, débattaient des variations du cours du pétrole, dont la volatilité venait encore d'augmenter. Certains économistes s'alarmaient de cette tendance inexorable : trop volatil, le cours ne représentait plus un signal prix efficace pour réorienter les investissements énergétiques mondiaux.

Si des indicateurs économiques défavorables étaient publiés en même temps que l'annonce de la découverte d'un nouveau gisement pétrolier, le prix du pétrole chutait illico. Puis un communiqué de l'Opep et une frappe de drones sur des pipelines au Moyen-Orient suffisaient à lui faire regagner des sommets.

Ces variations très rapides du cours du pétrole influençaient les prix des autres combustibles, s'ajoutant à leurs propres problématiques. Le prix du charbon, dont le transport et l'extraction étaient fortement consommateurs de pétrole, oscillait à son tour. Les prix du gaz réagissaient parfois aussi au prix du pétrole, quoiqu'une partie des contrats gaziers se soient progressivement désindexés du cours du Brent ces dernières années. Mais le gaz, j'aurai l'occasion de vous en reparler. Ces variations rapides compliquaient notre travail d'analyse et rendaient malaisée la moindre projection.

Au fond de moi cependant, j'avais beaucoup de sympathie pour la volatilité du prix du pétrole. J'y trouvais un écho à mes propres incertitudes. Moi aussi, la volatilité de mes impressions sur le monde m'empêchait d'y définir ma direction propre.

Dans ce monde en tourbillon, certaines choses semblaient plus apaisantes. Je pensais en particulier aux lézards *Timon lepidus*. Ils étaient verts, couleur de l'espoir, et possédaient un troisième œil, comme beaucoup de sauriens, d'après Wikipedia. Si j'arrivais à nous en procurer, j'avais le sentiment que je résoudrais le problème de construction du building derrière l'appartement d'Henri, mais pas seulement. J'étais certaine aussi que ma vie basculerait dans une dimension plus unifiée, plus directionnelle en fait. Le lézard *Timon lepidus* était un poïkilotherme. C'est-à-dire qu'il avait une faible régulation thermique autonome et devait donc composer avec son environnement extérieur pour équilibrer sa température interne. J'aimais cette nécessité de faire avec le monde. Le *Timon lepidus* avait besoin du soleil pour se réchauffer pendant de longues heures. Personne ne songerait à lui jeter la pierre, hormis quelques garnements de village qui s'ennuyaient pendant leur sieste. Et si moi aussi, j'avais quelque chose du *Timon lepidus* ? Si j'y réfléchissais bien, partout où j'allais, mon premier réflexe était toujours de m'assurer de trouver une roche ensoleillée de fantaisie sur laquelle je pourrais m'allonger pour me remettre du sérieux du monde. J'ai pris conscience que j'étais en train de m'endormir sur mon balcon. Je suis rentrée m'installer sur mon lit, avec mon ordinateur sur le ventre.

Pour mon analyse, j'ai trouvé quelques phrases qui feraient l'affaire dans des articles du site prixdubaril.com. J'ai senti doucement mes pensées se brouiller, mes paupières se fermer à moitié. Aujourd'hui, les projecteurs se tournaient vers l'Agence internationale de l'énergie. La veille au soir, la parution de son rapport annuel avait provoqué l'effervescence.

Il s'agissait en effet du premier rapport paru depuis

l'arrivée du nouveau directeur, Charly Hunchitu. Le précédent était consensuel. Il avait toujours veillé à transmettre un message rassurant sur la disponibilité des ressources en pétrole. Il y en aura, et pour tout le monde, comme disait la dame de la cantine quand Benjamin venait se resservir en frites en doublant toute la file. J'ai double-cliqué sur la page pour que mon profil sur la messagerie s'affiche comme activé, puis j'ai laissé retomber mon bras sur le matelas moelleux.

Des bruits couraient sur le successeur du directeur de l'Agence, des bruits qui inquiétaient les marchés. Il faut dire que Charly Hunchitu était un sacré spécimen. Habituellement, les directeurs de l'AIE n'intéressaient pas le grand public. Bureaucrates ennuyeux, ils brassaient du vent dans des modèles longs termes aux hypothèses improbables. Comme tout organe de réflexion digne de ce nom ces dernières années, ils publiaient des quantités de scénarios irréalisables pour le futur, quoique dotés de jolis noms d'oiseaux. Dans le cadre de nos activités à Marchés, nous achetions chaque année un exemplaire papier de leur publication annuelle.

J'aimais beaucoup ces rapports volumineux en papier glacé : le grain en était lisse et ouaté, les titres sur la couverture étaient en relief. Si le dossier comportait une part importante de textes, on y trouvait également des graphiques et des illustrations de qualité. J'avais pris l'habitude d'en découper les images les plus réussies pour les assembler dans de grands collages sur toile que je vernissais ensuite. Je n'avais pu en garder qu'un seul chez moi, mon préféré. Il s'intitulait « *Camemberts énergétiques* ». Il présentait un alignement de camemberts en tout genre issus d'une dizaine de World Energy Outlook, soigneusement recensés et légendés, comme une collection de papillons colorés. J'y voyais toute la beauté des capacités de projection humaine. Toutes les autres œuvres d'art prenaient trop de place pour mon petit appartement – la plupart d'entre elles mesuraient environ 1 mètre sur 1 mètre.

Par chance, il y a quelques mois j'avais découvert une petite salle inutilisée dans les bureaux de Vega Énergie. Elle se trouvait au rez-de-chaussée, contre les locaux techniques et la salle de conférences, juste avant la conciergerie. Elle mesurait la taille de mon studio et semblait consacrée uniquement au rangement des chaises en trop de la salle de conférences. Je n'avais jamais vu personne s'y rendre. J'avais apporté mes toiles là-bas, les unes après les autres. Personne ne m'avait jamais rien dit et les toiles y étaient toujours, ce que j'avais pris pour une autorisation. Depuis, cette petite salle était devenue, en quelque sorte, mon entrepôt de stockage d'œuvres.

Mais je m'égare : Charly Hunchitu, donc, était un colosse aux cheveux orange, d'une quarantaine d'années, passé par les plus grandes entreprises de l'énergie. Il avait aussi eu une brève carrière d'acteur, interprétant avec succès quelques méchants dans des films d'action à la mode. Les journaux s'étaient emparés de cette figure iconoclaste, qui faisait du clic. Sur ses comptes de réseaux sociaux, Charly Hunchitu publiait des selfies devant des plates-formes offshore ou sur des cargos de gaz naturel liquéfié, avec des poses de Rambo. « Il paraît que lui aussi, il joue du violon », s'était vanté Farid en nous montrant une nouvelle fois les cals sur ses doigts, pour nous rappeler son dur labeur.

La nomination de Charly Hunchitu à la tête de l'Agence internationale de l'énergie avait coïncidé avec une période de fort intérêt du grand public pour l'énergie, entre crise énergétique et risques d'effondrement.

D'après Henri, l'AIE s'était lassée d'émettre des rapports que personne ne lisait. Elle avait compris qu'elle n'augmenterait son pouvoir d'influence qu'en augmentant la taille de sa communauté numérique, et surtout, qu'elle devait parler aux jeunes. Pour toutes ces raisons ou pour d'autres que nous ne connaissions pas, l'OCDE avait donc nommé à la tête de l'Agence un homme qui avait toutes les chances d'attirer l'attention. « C'est un peu comme si on nommait Farid à la place de Benjamin à la tête de Marchés, avait dit Henri pour expliquer le raisonnement. Il y a du plus, et du moins. – Dieu nous garde d'une telle perspective », avait dit Hortense.

D'après prixdubaril.com, le nouveau rapport n'avait déçu personne. Il était proposé en version papier, ainsi qu'en version vidéo. J'ai regardé un extrait de la version vidéo. Charly Hunchitu s'était filmé en train de scander les messages clés, s'agenouillant face caméra, trois doigts tendus, pour évoquer les trois scénarios possibles du futur :

– Scénario 1, le colibri, slammait-il devant la caméra en avançant son pouce, des petites actions pour un petit résultat. Scénario 2, l'aigle, disait-il en tendant l'index au loin, vers le futur vert, le scénario de tous les possibles. Scénario 3, le corbeau, concluait-il en gardant seulement son majeur levé, toujours face à la caméra et le regard impassible, le scénario business as usual, le scénario qui creuse notre tombe, le scénario des charognards.

Il se redressait alors, esquissait un pas de danse. La caméra reculait en champ large, on découvrait qu'il se tenait sur un réservoir calorifugé, dont il sautait joyeusement vers une balustrade sous-jacente, lançant un dernier regard bleu électrique au spectateur.

Les marchés s'étaient trouvés très embarrassés, car ils n'avaient pas compris le message derrière la vidéo, expliquait un trader interviewé par prixdubaril.com. Annonçait-il une pénurie ou plutôt un excédent d'offre ? Plusieurs analystes avaient vu dans le choix du réservoir calorifugé une allusion déguisée à l'isolation des bâtiments, donc à des efforts accrus de transition écologique. D'autres y voyaient plutôt une réaffirmation de la nécessité d'une transition gaz, cauchemar des vrais écologistes. Les derniers n'y voyaient pas un réservoir de gaz, mais les parois d'un bunker de fin du monde. Ils dénonçaient la duplicité de l'AIE, qu'ils accusaient d'être à la solde des ultra-riches. Personne n'était d'accord. Certains arguaient que le rapport papier avait fait part de réserves en pétrole qui équivalaient aux réserves mentionnées dans les rapports précédents. Mais la présentation vidéo ne reprenait pas les mêmes chiffres. Le cours s'en ressentait, tressautant sans discontinuer. Henri nous a proposé de faire aussi des vidéos pour présenter nos analyses marchés.

Ça m'a fait penser aux enceintes, qu'il fallait vraiment qu'on aille acheter avant mercredi prochain. On s'est écrit qu'on irait le lundi, pour avoir le temps de les tester.

À midi, je déjeunais avec mon ami François, pour parler d'écologie. François travaillait dans un think tank spécialisé dans la décarbonation de l'économie, qui se nommait le Pitch Project. Le Pitch, c'était l'énergie de la parole brève. Au Pitch, d'après François, ils avaient vocation à stimuler l'ensemble du monde industriel, politique et universitaire avec un discours pragmatique et clair. Face aux bavardages des politiques, le Pitch arrivait avec une parole carrée comme une table, dont chaque coin s'appuyait sur un calcul de bon sens.

Agir, certes, mais dans quelle direction ? Le Pitch Project était là pour le préciser haut et fort. Il était qualifié par certains de lobby du nucléaire. Rien n'était moins vrai, m'avait expliqué François. Oui, certains de leurs financements provenaient autrefois d'une entreprise nucléaire française. Mais ils avaient d'autres mécènes, des gaziers, des banques, et quelques industriels de la sidérurgie et de la métallurgie. Quoi qu'il en soit, le fondateur du Pitch était Jean-Côme, un homme cohérent et intègre dont la popularité était croissante chez les ingénieurs.

Nous avions rendez-vous vers le métro Blanche. J'ai envoyé mon analyse de prix et je suis sortie dans la rue froide et ensoleillée. François m'avait indiqué l'adresse d'un restaurant coréen. Il m'attendait, recroquevillé derrière une petite table contre le comptoir. Il s'est levé pour me saluer. La table s'est soulevée, emportée par ses longues jambes, et j'ai saisi au vol la sauce salée qui détalait.

– Bien rattrapé, il a dit en m'embrassant.

Il a commandé un menu sans poisson, sans viande et sans riz.

– Je viens ici pour les algues, a-t-il expliqué.

François était soucieux. Le Pitch Project s'appuyait sur la collaboration de bénévoles sensibles à sa cause. Depuis deux ans, de plus en plus de bénévoles voulaient les rejoindre. Les responsables avaient d'abord accueilli cet afflux avec gratitude. Une force de travail gratuite et corvéable à merci, c'était le rêve de tout homme qui avait des grands projets, et les fondateurs du Pitch en avaient, des grands projets. Mais il devenait très difficile de faire le tri entre les ressources saines et les quelques-uns qui venaient uniquement parasiter le travail.

– On a une palanquée de bénévoles dévoués qui se mettent à organiser des conférences au nom du Pitch. Ils démarchent les collectivités, les entreprises ou les universités en se présentant comme des experts du Pitch. Ils sont efficaces, ça n'est pas la question !

– Quel est le problème alors ?

– Nos préconisations pour décarboner sont précises. Elles sont efficaces et fiables, frappées au coin du bon sens, m'a expliqué François en tapant sur la table. Tandis que quelques-uns de ces experts autoproclamés racontent des âneries sur des solutions fantaisistes qui n'ont rien à voir avec nos directives. Forcément ça fait des mécontents. Ensuite, les gens nous écrivent des torrents d'injures et je dois passer un temps fou à expliquer que non, le Pitch n'a jamais préconisé le camion nucléaire ou le tout-vélo.

François avait les yeux cernés, il engouffrait ses algues sans s'arrêter. J'admirais son énergie et sa sincérité.

– Mais ce n'est pas tout. Un autre bénévole m'avait juré qu'il s'occuperait du pilotage d'un groupe de travail sur la technologie ammoniac dans le monde. Ça fait deux mois qu'il me promet une note du feu de Dieu. La semaine dernière, je me suis rendu compte qu'il travaillait pour une entreprise produisant de l'ammoniac et qu'il consacrait l'essentiel de son temps à en faire la promotion auprès du reste des bénévoles, sans aucun discernement.

Nous avons commandé des petits desserts à la farine de riz, avec du thé.

– J'en ai un autre, vers Nogent-le-Rotrou, qui me casse les pieds. Parce que maintenant, il y en a partout des pitchers, et c'est à la fois beau et incontrôlable. Celui-là travaille plutôt bien mais il ajoute la photo de Jean-Côme en énorme à la fin de chacun de ses documents. On dirait une groupie ado. C'est un retraité pourtant ! Dès qu'il a pondu une note, il me demande s'il peut en discuter directement avec Jean-Côme.

Je comprenais la situation. Ces épiphénomènes étaient nuisibles en profondeur, même si la majorité des bénévoles étaient pragmatiques et soucieux de l'environnement.

– On réfléchit à un quiz d'entrée, a continué François. Mais c'est compliqué car on ne veut pas trier les gens sur leurs connaissances, ni sur leur degré d'implication. Avant, on pouvait rencontrer un par un les bénévoles qui venaient nous rejoindre. Avec le rythme actuel d'arrivées, ce n'est plus possible.

J'ai suggéré à François de demander aux nouveaux bénévoles d'écrire un haïku de présentation :

– Parfois les hommes se révèlent bien plus dans une petite comptine de leur production qu'en de longs entretiens.

Et puis, c'est très différent de vouloir écrire des haïkus sur quelqu'un d'autre, que de lui proposer d'en écrire un, je me suis dit en lui racontant le fiasco de mon bottin artiste.

– Je ne dis pas que c'est une mauvaise idée, m'a répondu François. Mais je ne suis pas certain que ce soit vraiment efficace.

Tandis que nous buvions nos thés, je lui ai posé quelques questions sur les pierriers à lézards, pour le dossier de Séverine.

– Je ne suis pas expert du sujet, dit-il. Je ne te serai d'aucune aide si tu veux une relecture précise du contrat. Mais j'ai rencontré beaucoup d'autres associations écologiques, et je veux bien croire qu'il y en ait de sacrément têtues.

Quant à la possibilité de mettre des lézards sur un chantier pour empêcher son aboutissement, il n'avait pas connaissance d'expériences semblables, mais il était intéressé par le retour d'expérience si nous y parvenions. Si personne ne l'a jamais fait, c'est qu'on est à la pointe de l'innovation, ai-je pensé, après tout c'est le destin des visionnaires.

Je suis retournée chez moi déterminée. Dès le lendemain, je passerais au zoo de Vincennes et j'essaierais d'en savoir plus sur les *Timon*.

Épisode 7

Des emprunts durables

Surprise attendrie
À l'ombre du chantier gris
Un petit lézard

Je me suis réveillée de bonne heure, ravie de poursuivre le projet Timon. Je misais sur une arrivée au bureau au plus tard à 10 h 30 pour la réunion d'équipe, après mon passage au zoo de Vincennes. Je suis descendue de la ligne 8 à Porte Dorée et je me suis approchée de ce qui me semblait être l'entrée de service. Je n'avais pas envie de prendre un billet car je n'aurais pas le temps de visiter. J'ai attendu quelques minutes.

Une femme est passée.

– Bonjour, je cherche des renseignements sur les lézards *Timon lepidus* !

– Je suis aux oiseaux moi, mais les reptiles c'est Madeleine, elle devrait bientôt arriver.

Je l'ai remerciée.

– C'est celle avec le chapeau noir.

Une vingtaine de minutes plus tard, Madeleine n'était toujours pas là et j'avais peur de manquer ma réunion sur les prix du CO_2. Au moment où je m'apprêtais à partir, j'ai vu arriver à grands pas une immense femme aux cheveux roux ébouriffés, sur lesquels trônait un chapeau noir en velours.

– Madeleine, je lui ai dit juste avant qu'elle passe le portillon.

Elle m'a dévisagée, l'air méfiant.

– Quoi ?

– Ce serait à propos des *Timon lepidus*, quelques renseignements, j'ai bafouillé.

Elle m'a fait signe de traverser le portillon, que j'ai franchi sous l'œil vigilant du gardien. Je lui ai expliqué que je m'intéressais beaucoup à ces lézards dans le cadre d'un projet de défense de l'environnement. Elle m'écoutait en marchant de plus en plus vite, je la suivais en trottinant. On est arrivées au niveau des vivariums. Il y avait des lézards, des crocodiles et d'autres énormes bestioles dont je ne connaissais pas le nom. Dans le bâtiment de service, nous sommes allées récupérer de la nourriture pour les lézards et les crocodiles.

– Les crocodiles mangent du poisson, plutôt frais, même s'ils ont une tolérance pour la chair légèrement avariée, a-t-elle expliqué.

Madeleine jetait à grandes brassées les filets de saumon vers les crocodiles qui les saisissaient au vol. Son geste était aussi léger que si elle avait jeté du grain à des pigeons.

– Faut savoir que les *Timon*, c'est pas depuis toujours qu'on les gère avec succès.

Tout en me racontant l'histoire des *Timon*, elle a ramassé quelques branches et les a mises dans un sac qui traînait sur le bord du vivarium, puis elle s'est dirigée vers l'enclos suivant. Les *Timon lepidus* hébergés au zoo de Vincennes avaient une longue histoire. Après que l'espèce avait été décrétée en voie de disparition, le zoo avait réussi à en identifier deux spécimens vivant dans la pierraille, vers les Baux-de-Provence. Ils les avaient capturés puis accueillis, et leur avaient conçu un habitat sur mesure – et il fallait savoir que le *Timon lepidus* avait besoin d'espace, c'était un des sauriens qui en avaient le plus besoin. Malgré tous les efforts effectués pour lui concevoir un terrain propice, avec des détecteurs d'humidité et des chauffages, le *Timon lepidus* dépérissait. Le zoo s'affolait d'avoir fragilisé l'état de santé de deux spécimens d'une espèce extrêmement rare.

Jusqu'au jour où un concert avait été organisé au zoo de Vincennes, à l'occasion de la Fête de la musique. Le concert se tenait sur la vaste pelouse, tout contre l'espace protégé des *Timon*. À la grande surprise de Madeleine, les *Timon lepidus* s'étaient approchés au bord de leur enclos, le plus près possible de l'estrade, et avaient dodeliné de la tête au rythme de « Stairway to Heaven ».

L'expérience avait confirmé qu'ils mangeaient bien plus volontiers quand on leur mettait du rock, de préférence du hard rock.

– Au début, j'avais peur que ça ne leur fasse pas

vraiment du bien, m'a expliqué Madeleine. Après tout, les *Timon lepidus* ne sont pas faits pour être en permanence en mouvement. La musique aurait pu les rendre nerveux, et comment différencier l'activité de la nervosité chez un animal dont les mouvements ne sont pas très vifs ? Et puis finalement, je l'ai senti, j'ai bien senti que c'était une histoire de joie. Le *Timon* s'agitait et je voyais bien qu'il marquait la cadence avec entrain, c'était plus fort que lui.

Depuis, c'était très simple. Elle diffusait du hard rock deux heures par jour dans l'enclos, et les *Timon lepidus* avaient repris du poids.

– J'aime beaucoup la musique, j'ai dit, en espérant que ce serait un premier bon point pour garantir à Madeleine qu'avec moi les *Timon lepidus* seraient en de bonnes mains.

Justement, nous avons quitté l'enclos des crocodiles pour nous diriger vers la zone des *Timon lepidus*. J'en ai aperçu deux, qui dodelinaient de la tête calmement. Je les ai trouvés adorables. J'ai dit à Madeleine que je reviendrais lui donner un coup de main, si elle me le permettait.

– Ça peut se faire, a dit Madeleine, si j'ai l'autorisation du patron.

J'ai pensé que c'était trop tôt pour demander l'emprunt des lézards. Mieux valait attendre qu'on se familiarise davantage. J'ai pris son numéro et j'ai promis de revenir la semaine suivante, le jour qui lui conviendrait. Maintenant, il me restait quarante-cinq minutes pour traverser tout Paris.

J'ai couru jusqu'au métro. J'avais eu une sacrée chance. Même si nous n'arrivions pas à emprunter ces lézards, j'avais appris des tas de choses intéressantes sur le hard rock. Madeleine était incroyable, il faudrait que je lui présente Farid et Henri.

À l'entrée de nos bureaux, en bas des marches, j'ai croisé l'homme au haïku volé. Il avait bien meilleure mine que la dernière fois. Je l'ai salué. Il m'a souri, et il a sorti de sa poche le papier sur lequel j'avais écrit le haïku.

– Oh, vous l'avez gardé ?

On a échangé nos prénoms. Il s'appelait Franck. Il aimait la poésie aussi, mais il avait simplement une sacrée migraine lorsque j'étais tombée sur lui ce soir pluvieux.

– Vous resterez un peu dans le coin ?

Il a acquiescé. J'ai promis qu'on se recroiserait bientôt, et j'ai passé le portillon en vitesse. Je suis arrivée presque à l'heure pour la réunion d'équipe. Quand je suis entrée dans la salle, Benjamin parlait du concours innovation :

– Vous passerez devant le jury mercredi prochain, munis d'un prototype fonctionnel de votre idée. Pour le réaliser, le jury vous alloue un budget de 200 euros.

Hortense a murmuré qu'avec 200 euros elle aurait pu en organiser des tonnes, de stand-up meetings transverses, et que l'entreprise jetait vraiment l'argent par les fenêtres. Benjamin a répondu que c'était au jury d'en juger, mais il a fait une drôle de tête.

– Mercredi prochain, ce sera aussi la journée diversité, nous a rappelé Benjamin.

Comme Philippe, il nous invitait à y participer, dans la

mesure où nos missions les plus urgentes nous le permettaient. Le taux de participation des équipes aux ateliers serait remonté à la direction.

– Je compte sur vous !

Benjamin avait à cœur de travailler son volet inclusion. Il m'avait confié que c'était le dernier qui lui résistait : il avait déjà les meilleurs niveaux sur les volets compétences et leadership.

Benjamin ne faisait jamais les choses à moitié. Au retour de son dernier séminaire de management, nous l'avions à peine reconnu. Auparavant, il était furieux lorsque nous commettions des erreurs. Maintenant, il accueillait nos difficultés d'un sourire débonnaire. Tenez, deux semaines auparavant par exemple, j'avais envoyé à la direction financière une analyse vieille de plusieurs années, à la place du travail sur l'année en cours. Eux ne s'étaient aperçus de rien, et je commençais à entrevoir un horizon de possibles pour les analyses suivantes. Mais Benjamin avait remarqué cette légère méprise. Il m'avait demandé de faire attention, puis il m'avait rassurée, avec bonté : « Tu sais, ton erreur me permet aussi de travailler ma patience. Grâce à toi et à l'équipe, j'apprends à travailler avec des profils de tous types. J'ai fini par admettre que la perfection n'est pas donnée à tout le monde. » Tant mieux : avec Farid, nous nous réjouissions de permettre à Benjamin d'apprendre à travailler. Nous y pensions souvent, quand nous terminions nos dossiers à la hâte.

Jean-Claude, du service informatique, est entré dans la salle. J'aimais beaucoup Jean-Claude.

Farid et Henri se sont installés confortablement dans leurs sièges.

– Je te laisse la main, lui a dit Benjamin. On essaie de faire ça en dix minutes, nous sommes tous pris après.

Jean-Claude a posé son ordinateur sur la table, puis il a cherché partout son badge.

– D'habitude je le mets autour du cou, mais j'ai dû l'enlever lundi car la zipette élastique ne fonctionnait plus.

Il a retrouvé son badge dans sa poche arrière.

– On va aller droit au but, il a dit. Depuis quelques années, nous avons mis en place la security box, un système pour sécuriser vos disques durs et vos mails. Pourtant, presque personne ne l'utilise. Une petite enquête préliminaire : qui d'entre vous en a entendu parler ?

Hormis Henri et Benjamin, ça ne disait rien à personne. Jean-Claude a soufflé dans ses mains avant de les passer sur son visage.

– C'est incroyable, c'est toujours pareil. Bon, mieux vaut tard que jamais, je suis ici pour vous expliquer comment la mettre en place. Allumez votre ordinateur et cliquez sur la petite icône en forme de bouton-d'or, en bas à droite.

Nous avons tous cliqué, sauf Farid qui n'avait pas l'icône.

– C'est un problème de version, vous n'avez sans doute pas fait la dernière mise à jour. J'en profite, veillez à bien faire toutes les mises à jour, sinon ça pose des problèmes de sécurité du réseau.

Farid faisait pourtant toutes les mises à jour.

– Je vais aider tout de suite ceux qui ne l'ont pas. Pour ceux qui ont l'icône, clic droit et appuyez deux fois sur le client local **Capashieldsecure**.

Rien ne s'affichait quand je faisais clic droit. J'ai regardé sur l'ordinateur d'Hortense, ça fonctionnait. Elle a cliqué sur **Capashieldsecure** avec fierté. Une fenêtre s'est affichée, proposant deux options.

– Vous cliquez sur l'option **Installer sans paramétrage global** et vous attendez que ça se lance.

Hortense a cliqué à nouveau. **Veuillez patienter le temps de l'installation** s'est affiché, avec en dessous : **Durée estimée – une heure**.

– L'installation prend environ deux minutes, a précisé Jean-Claude. Si ça prend plus longtemps, c'est qu'il y a un problème, probablement que le client n'est pas installé sur le bon logiciel support. Dans ce cas, faites-moi signe et je viendrai voir.

J'ai souri à Hortense. Il y avait une justice, tout de même.

– Pendant que ça charge, je vais vous montrer ces quelques slides, pour voir comment l'utiliser.

Benjamin a projeté la présentation. Jean-Claude a demandé s'il y avait une télécommande. Nous avons tous cherché la télécommande, mais elle n'était pas dans la salle.

– Il faudra que j'écrive au service hardware, il n'y a jamais de télécommande dans les salles, je ne sais pas qui les récupère. Bon, je vais faire sans, il a dit. Lorsque vous envoyez un mail, c'est le plus simple. Ce sera sur la slide suivante. En haut de la fenêtre du mail, cliquez sur **Activer la security box**. Attention, vous devez vous assurer que vous cliquez sur **Activer la security box**, et non sur **Démarrer la security box**. J'insiste, c'est très différent.

Jean-Claude a expliqué les choses terribles qui se produiraient si nous cliquions sur **Démarrer la security box**.

– Une fois que vous avez cliqué sur **Activer la security box**, il faut enregistrer le mail dans le disque crypté. Pour cela, clic gauche et sélectionnez **Enregistrer**, mais attention le disque par défaut n'est pas le disque crypté. Notez bien, le disque crypté est renommé disque H. Faites attention aussi à la capacité de ce disque H, qui est limitée. Si cela ne fonctionne plus, c'est peut-être lié à cette capacité, gardez cela en tête d'ici quelques mois, il n'y aura pas de message d'alerte. Comme c'est une solution qu'on a développée en interne, certains paramètres ne sont pas automatisés. Ensuite, c'est très simple, vous cliquez sur **OK**. Selon la taille du mail, l'enregistrement prend plus ou moins de temps. Après seulement, vous pourrez envoyer votre email.

– C'est fait ! a dit Henri. Tout fonctionne chez moi.

Farid et moi nous sommes levés pour aller voir s'il disait vrai. Il avait effectivement une petite icône **Activer la security box.**

– Lucie, je t'envoie un mail test, m'a-t-il dit dans un élan de générosité.

Je me suis assise devant mon ordinateur. Le mail d'Henri s'est affiché, mais je ne pouvais pas l'ouvrir, il était écrit **Mail crypté par l'expéditeur.**

– Pour recevoir un mail crypté, c'est encore plus simple, a continué Jean-Claude. Vous sélectionnez le mail et vous cliquez sur **Scanner via la security box**. Je vais vous montrer en direct. Henri, envoie-moi un email.

Il a connecté son ordinateur au vidéoprojecteur, pendant qu'Henri lui écrivait. On a vu le mail test crypté apparaître dans la boîte de Jean-Claude.

– Voilà ! Pour le lire maintenant, je clique sur **Scanner**, puis je vais voir dans le disque H, pour copier l'email et le reporter dans le dossier courrier de ma boîte mail.

Le corps du mail s'est affiché : « hdjsayè'é§4çoziçiàér657 »

– Ça alors, c'est étrange, il est lisible mais on dirait qu'il est encore codé, s'est étonné Jean-Claude. Est-ce que c'est lié au plug in de traitement de texte que j'ai utilisé ? J'ai peut-être manqué une mise à jour.

Il a cliqué avec nervosité sur plusieurs icônes mais tout semblait en ordre. Il avait l'air complètement navré.

– Qu'est-ce que tu avais écrit, Henri ? j'ai demandé.

Henri était maintenant occupé à donner un coup de main à Benjamin. Il a levé la tête.

– Pardon ?

J'ai répété ma question, et Henri a répondu qu'il avait tapé des caractères au hasard. Il était possible que cela corresponde à ce qu'il voyait sur l'écran de Jean-Claude, mais il ne pouvait pas en être tout à fait certain, il irait vérifier après, si on le laissait, grands dieux, cinq minutes tranquille pour qu'il finisse de déverrouiller le capashield de Benjamin.

– Dans quel cas doit-on utiliser ce système de cryptage ? a demandé Benjamin.

– L'idéal, c'est de l'utiliser dès que possible. Pour tous vos mails confidentiels, mais plus généralement, gardez en tête que tout ce qui est fait au sein de l'entreprise a beaucoup de valeur et mérite d'être protégé. Le mieux est de prendre l'habitude de l'utiliser systématiquement.

J'ai senti Benjamin divisé entre le gain de sécurité et la perte de productivité que la security box générait. Il a proposé qu'on en reste là pour cette fois-ci, car une heure s'était déjà écoulée et il devait se rendre à l'étage.

Henri a filé à sa formation « Prise de parole en public ». Je me suis arrêtée à la machine à café avec Jean-Claude et Farid. Jean-Claude était tendu.

– Je m'arrache les cheveux avec le changement du canal de communication numérique, nous a-t-il expliqué. Les deux modules cohabitent depuis cinq mois mais personne n'utilise le nouveau canal. Dans un mois, l'ancien ne sera plus fonctionnel, et presque personne ne s'est formé à utiliser le nouveau.

– Vous organisez des formations ? j'ai demandé, avant d'avoir l'image confuse de mails dont l'objet contenait « **Formation Teams** », que j'avais soigneusement classés dans un dossier « **Autres** ».

– Hélas, personne ne s'y rend. Dans un mois, ça sera la bérézina.

J'étais désolée pour Jean-Claude. Farid a promis qu'il viendrait sans faute à la formation, s'il s'avérait qu'il n'y était pas encore allé. Sur ce point il avait un doute : il était possible qu'il y ait déjà participé, sans qu'il en soit absolument certain. Il avait en tout cas le souvenir d'une réunion il y a quelques semaines avec des slides et quelques captures d'écran colorées, mais il n'était plus en mesure de dire si c'était du canal Teams qu'il s'agissait ou plutôt d'une réunion sur la conduite des réunions. Ça avait été très intéressant, et il a conclu d'ailleurs qu'il n'aurait aucune difficulté à retourner à la formation quand bien même il s'avérerait qu'il y était déjà allé, cela ne pouvait faire que du bien. J'ai promis de venir aussi, et qu'on en parlerait autour de nous, et Jean-Claude a semblé un peu rasséréné. Tarik, un prestataire du service informatique, a passé la tête par la porte de la salle café.

– Jean-Claude, j'ai une demande urgente pour un ordinateur de prêt mais je n'ai plus d'ordinateur de prêt. Ils sont tous prêtés, dont un depuis un mois. Qu'est-ce que je fais ?

Jean-Claude s'est affaissé à nouveau.

– Il faut contacter ceux qui ont emprunté les ordinateurs, leur rappeler que ce ne sont pas des prêts au long cours.

Tarik est reparti en lançant :

– Je vais le faire mais ce n'est pas tenable, Jean-Claude, je te l'ai dit, ce n'est pas tenable !

Jean-Claude nous a regardés. Il avait l'air épuisé.

– On court partout après les ordinateurs de prêt. On les prête aux gens pour dépanner, mais ils ne pensent pas à les rendre. Avec le télétravail, c'est pire encore, ils les laissent chez eux, et quand ils les rapportent, on doit passer deux heures à enlever tout ce qu'ils ont téléchargé de non professionnel. Quand ce n'est pas des traces de confiture sur le clavier.

J'étais navrée pour Jean-Claude. Navrée aussi car il m'était arrivé de tarder un peu à rendre un ordinateur de prêt. Il fallait que je me rattrape.

J'ai proposé de diffuser un haïku de sensibilisation, que j'ai rédigé sur-le-champ :

Perdus loin du nid
Exploités sans délivrance
Les ordinateurs de prêt

Jean-Claude m'a remerciée.

– Je ne sais pas si ça aura un impact, mais ça me fait du bien de me sentir compris.

Il est reparti chercher son badge dans la salle de réunion, tandis que Farid et moi regagnions nos bureaux.

L'après-midi s'est écoulé en un clin d'œil. Devant la sortie, j'ai retrouvé l'homme au haïku volé. Il n'avait pas perdu son temps non plus. Il avait construit un habitacle à partir d'une petite tente bleue, prolongée d'un auvent formé de quelques bâtons de bois soutenant des voilages roses et bleus que le vent gonflait. Des guirlandes dorées et rouges serpentaient autour des bâtons, l'ensemble évoquait un campement de lutins du Père Noël. Ses pieds, engoncés dans des chaussures Birkenstock de couleurs différentes, dépassaient de la tente. Il s'était installé juste en bas des marches, contre la bordure longeant le bosquet de plantes grasses.

– Salut Franck, j'ai crié.

Il a surgi de la tente, les cheveux hirsutes.

– Je suis en tenue de travail, il a dit.

Il portait une grande blouse blanche et des chaussettes rouges. Il m'a expliqué le concept. C'était de l'art urbain. Il construisait des œuvres d'art temporaires et habitables à partir d'objets divers récupérés dans la rue. J'ai trouvé ça impressionnant. Comment est-ce qu'il arrivait à faire ça aussi vite ? C'était une sacrée chance de rencontrer Franck maintenant. Après l'échec du bottin artiste, ma conviction que la poésie pouvait trouver sa place en entreprise avait été ébranlée. Debout devant les enchevêtrements colorés de Franck, je reprenais courage. Il continuait ses explications :

– Aimer, c'est reconnaître autour de soi ce qu'il y a de beau. Je vis pour l'amour, moi. La ville, je l'aime. La vie aussi.

Hervé, le gardien, a descendu les marches de l'accueil.

– C'est joli, il a dit. C'est joli, mais j'espère qu'on aura pas de problèmes.

– Pourquoi des problèmes ? j'ai demandé.

– Les couleurs ne s'accordent pas avec la charte graphique de notre bâtiment. On m'a déjà forcé à enlever des affiches collées ici parce que ça jurait. Mais tant qu'on ne me dit rien…

– Si c'est les couleurs le problème, je peux m'arranger. La ville est pleine de ressources inépuisables.

Franck a brandi une bombe de laque dorée. Il l'a secouée vigoureusement puis a vaporisé une forme oblongue et racornie plantée au bout d'un bâton. On aurait dit une déjection canine séchée. Hervé avait l'air soucieux.

– Les couleurs sont un premier sujet, mais peut-être qu'il y en aura d'autres. Enfin, on verra bien !

Henri nous a rejoints. Il sortait de sa formation sur la prise de parole en public. Il nous a salués d'une voix caverneuse. J'ai fait les présentations.

– J'aime beaucoup les voilages, il a dit. Ils ont l'air tout légers et doux.

Franck les avait trouvés sur le trottoir, avec d'autres encombrants, devant la crèche voisine.

Nous sommes montés dans le métro. Henri se demandait comment mettre en œuvre les compétences en communication qu'il venait d'acquérir. Quand on rédigeait un article de journal, m'a-t-il expliqué, on mettait les titres en gras et gros caractères, et on écrivait avec des alinéas, des interlignes, du vide, des illustrations. Eh bien le formateur prétendait que dans un discours, c'était la même chose. Il fallait des mots en gras et du vide. Le gras et les gros caractères correspondaient à l'augmentation du volume sonore. Le vide, c'était le silence. Et il en fallait du vide, rien n'était lisible si les caractères étaient tous comprimés les uns contre les autres. Les alinéas, c'était l'inspiration qu'on prend. Les retours à la ligne, la voix qui descend dans les graves et se repose avant d'ouvrir un nouveau paragraphe. Les petites lignes en bas que personne ne lit, c'étaient ces apartés que l'on murmure à ceux qui sont vraiment intéressés, mais dont on ne veut pas encombrer le reste de l'auditoire. C'était rudement pertinent, et ça nous servirait sûrement mercredi prochain pour la présentation de notre dossier innovation.

Nous nous sommes arrêtés à la Fnac de Saint-Lazare pour regarder les enceintes. La plupart des équipements vraiment puissants étaient au-dessus de notre budget. Pour être concluants lors du passage devant le jury innovation, malgré l'incertitude des résultats scientifiques du MIT, il nous fallait du matériel de qualité. Sans doute valait-il mieux se procurer des enceintes d'occasion. Henri est rentré chez lui. J'ai continué vers la rue du Rocher. Une recyclerie venait d'y ouvrir. On y trouvait toutes sortes d'objets usagés mais toujours fonctionnels et une large sélection de matériel électronique. Le vendeur du rayon son et vidéo m'a conseillé les enceintes Victa. Volumineuses, on aurait dit deux coffres-forts cubiques, d'un noir brillant, cerclés de métal. Elles étaient incassables et crachaient du son comme on savait en cracher dans les années 90, quand on ne faisait pas de la musique édulcorée, il a dit. Il me les cédait pour 150 euros, tandis que des neuves avec la même puissance valaient facilement 1000 euros, a-t-il précisé en caressant leur revêtement lisse et sombre. Je préférais consulter Farid et Henri avant de procéder à l'achat. Il faudrait trouver une solution pour les transporter jusqu'au bureau, à Levallois, car elles étaient très lourdes.

– Si vous les prenez, je vous ferai cadeau d'un kit

d'entretien, avec un chiffon en laine de lama et un spray à la propolis, a dit le vendeur.

Quand je suis ressortie, Paris était déjà plongé dans la nuit. Malgré les promesses du projet Timon et les constructions de Franck, malgré les promesses étincelantes du spray à la propolis, je me suis sentie trahie par le jour. L'automne continuait d'avancer vers l'hiver. Les phares, les lampadaires et les enseignes clignotantes trouaient l'obscurité dans une piètre imitation du soleil, aussi irréelle et trompeuse que cette fantaisie dont j'essayais d'éclairer ma vie de bureau.

Épisode 8

Un petit nid douillet

Le lundi midi, nous avons pris des sandwichs pour déjeuner en travaillant sur la présentation. J'ai téléchargé quelques enregistrements d'ondes alpha sur mon téléphone. Henri a intégré dans les slides un graphique de l'étude du MIT qui présentait le niveau de stress des rats en fonction du niveau sonore ambiant. Pour nous prémunir contre toute réclamation, nous avons tout mis au conditionnel. Farid a ajouté quelques astérisques, et en bas de la slide nous avons écrit en petites lettres : « Sous réserve que la poursuite des recherches confirme le résultat esquissé dans les études réalisées à ce jour. » Pour une fois que les petites lettres en bas de la page étaient de notre côté, Henri était content.

Mardi, nous nous sommes retrouvés à 8 heures, sur le trottoir de la rue du Rocher, face à la recyclerie. La chaussée était déjà bondée de voitures, assourdissantes et rageuses. J'ai réchauffé mes mains sur mon café fumant et inspiré une bouffée de son odeur réconfortante. Le soleil se levait à peine. Pourquoi les journées de travail ne raccourcissent-elles pas avec les jours ?

La recyclerie tardait à ouvrir. Pour patienter, Henri nous a proposé une démonstration. Il s'était entraîné à exposer notre innovation en utilisant les compétences acquises lors de sa formation « Prise de parole en public ».

« Bonjour », par exemple, c'était un mot en gras, après lequel on serait allé à la ligne, si on l'avait écrit dans une lettre. Donc le mot « Bonjour », il fallait le prononcer avec la voix qui descendait, suivi d'un grand silence.

– Bonjour, a redit Henri, puis il s'est tu.

Farid et moi nous avons essayé aussi, avec la voix qui descendait.

– Bonjour.

– Bonjour.

Henri a continué :

– Nous sommes ici pour vous présenter notre projet.

Là, il s'est tu avec ostentation. Il nous a regardés sans rien dire pendant quelques secondes. Quand il a vu qu'il avait toute notre attention, il a chuchoté :

– Je vais mettre en gras les mots qui suivent via le silence et l'utilisation d'une tension accrue dans la voix, puis en criant presque, il a dit : DU BRUIT CONTRE LE BRUIT !

Il a fait silence à nouveau, puis il a chuchoté :

– Je reviens à la ligne en prenant quelques secondes, puis un peu plus fort : Ce projet, nous l'avons conçu pour lutter contre un dysfonctionnement PRÉCIS.

On a trouvé ça impressionnant. Ce qui est sûr, c'est que

ça réveillait l'auditoire, parce qu'on ne s'attendait pas du tout à ce qu'il se mette à crier comme ça alors qu'il chuchotait juste avant.

Le vendeur de la recyclerie est arrivé. Il a ouvert le rideau métallique du magasin et nous a invités à entrer. J'avais fait mettre les enceintes de côté, il ne restait plus qu'à payer à la caisse puis à les récupérer à l'accueil.

– Je vais tout de même faire un tour au rayon jouets, a dit Henri, car je vois mon neveu le week-end prochain.

Le vendeur m'a imprimé la facture.

– Je vous ai scotché le spray à la propolis et le chiffon au-dessus des enceintes.

Je l'ai remercié, tandis que Farid appelait un taxi. La femme à l'accueil nous a prêté un diable pour que nous puissions transporter les enceintes jusqu'au trottoir. Quand le taxi est arrivé, nous avons chargé les enceintes dans le coffre.

– Attention, j'ai dit à Farid, je vais prendre le spray avec moi, c'est un coup à le perdre.

Henri ne revenait toujours pas. Farid est parti le chercher. J'ai expliqué au chauffeur de taxi qu'on allait aux bureaux de Vega Énergie à Levallois, et ce qu'on comptait faire avec les enceintes. Il avait lui-même écouté récemment une émission sur le pouvoir des vibrations sur le corps, il y avait beaucoup de points communs avec les ondes alpha. Mais Farid et Henri n'étaient toujours pas là, et il s'est inquiété du temps qui défilait. Je lui ai offert le spray à la propolis pour le faire patienter.

– Est-ce que vous pourriez m'attendre ici ? Je vais voir où ils en sont.

Farid et Henri étaient à la caisse, accompagnés d'un immense ours en peluche.

– Mon neveu va adorer, m'a expliqué Henri, je n'ai jamais vu de peluche aussi grande.

C'est vrai qu'elle était imposante, et pas si chère en plus. Nous sommes sortis sur le trottoir avec la peluche. Le taxi n'était plus là.

Il y a eu un petit moment de flottement. J'ai senti Henri serrer la peluche plus fort dans ses bras.

– Il va revenir, j'ai dit.

Ah, là-bas, c'était lui, une dizaine de mètres plus loin. Il a sorti la tête par la fenêtre et agité la main.

– J'ai bougé pour laisser la place au camion !

Nous sommes montés à l'arrière, Farid, moi et la peluche, Henri s'est installé devant, c'est le plus grand.

– Attachez la peluche aussi, a dit le chauffeur, je ne veux pas d'ennuis avec les flics.

Il était déjà 9 heures, nous avions une réunion à 9 h 30, ça allait être coton. Bien sûr, les feux étaient au rouge et les rues embouteillées. En roulant, le chauffeur, qui s'appelait Ange, nous a raconté des histoires sur les bienfaits des vibrations. Farid a commencé à avoir mal au cœur.

– J'ouvre la fenêtre, ça ira mieux.

C'est vrai qu'il y avait une drôle d'odeur dans la voiture. En approchant mon nez de ses poils courts, j'ai senti le curieux parfum de la peluche, entre la naphtaline et le moisi.

– Pas sûre que ce soit un véritable cadeau pour ton neveu, ai-je prévenu Henri.

Enfin, nous sommes arrivés. Ange nous a aidés à décharger les enceintes devant l'accueil. Farid n'était toujours pas en forme.

– Tiens, prends la peluche, ça sera moins lourd.

Moi j'ai essayé de soulever une des enceintes, mais sans le diable, c'était peine perdue.

– Ça pèse un âne mort, cette histoire, a dit Henri.

J'ai avisé Franck, toujours installé devant l'entrée. Il avait quitté sa tenue d'artiste pour la veste kaki du premier jour. Il buvait un café, assis en tailleur devant sa tente, en bas des marches. Il a accepté de nous aider. Il a réussi à soulever une des enceintes, Henri a pris l'autre, Farid la peluche et moi j'ai couru devant demander à Hervé de nous ouvrir le grand portillon d'accès. Dans l'urgence, Hervé a accepté qu'on ne valide pas nos badges et a dit qu'il fermait les yeux pour Franck, parce qu'il n'était pas censé entrer. Nous avons pris le long couloir qui menait vers notre service.

– Attendez ! a dit Henri. Je déposerais bien la peluche dans la salle de Lucie.

Ma salle, c'est cette petite pièce inoccupée du rez-de-chaussée dans laquelle je laisse mes tableaux et collages. La porte était fermée à clé d'un demi-tour, mais la serrure a cédé quand je lui ai donné ce petit coup transverse dont j'avais pris le pli. On a déposé la peluche contre mes toiles les plus récentes, appuyées sur le mur de gauche. Le reste de la salle était encombré par des objets divers. Il y avait une dizaine de chaises pliantes, un vieux paperboard aux feuilles déchirées, une broyeuse à papier… La première fois que j'y avais laissé un tableau, je l'avais caché derrière l'étagère murale qui longeait le mur opposé. Au fil des mois, j'y avais pris mes aises et je n'avais maintenant plus aucun scrupule à laisser mes toiles visibles, puisqu'il me semblait que personne ne rentrait jamais ici.

– C'est sympa, ici, a dit Franck.

Je lui ai expliqué mes collages. Un de ceux dont j'étais le plus fière s'appelait « Contradictions superposées ». D'apparence bariolée et disparate, il concaténait des morceaux de phrases, des graphiques et des photos des éditions 2017, 2018 et 2019 des rapports World Energy Outlook, en mettant en évidence les contradictions visuelles qui m'étaient apparues en les parcourant. Franck a adoré. Je lui ai présenté aussi ma toile « Incantation du désespoir », qui superposait les scénarios climatiques les plus ambitieux aux tracés historiques qui les démentaient année après année, sur fond de photos d'océans.

Par l'unique fenêtre de la salle, on voyait la pluie tomber à verse. Heureusement que nous avions mis les enceintes à l'abri avant ce déluge.

– Ta tente va être trempée, a dit Farid.

– J'ai l'habitude, a répondu Franck, c'est le revers de la médaille.

– Personne ne vient jamais ici, j'ai dit, comme Farid avait l'air de penser la même chose. La fenêtre donne sur un patio qui débouche sur la rue Marius-Aufan. Il y a une grande barrière bien gardée, mais beaucoup de passage avec les livraisons de la cantine.

– Est-ce que ça pourrait t'intéresser comme base de repli ? a demandé Farid à Franck. Ça permettrait à Lucie de savoir que quelqu'un veille sur ses toiles.

– Il faut que je réfléchisse, a répondu Franck.

J'ai regardé mon téléphone. Nous devions partir, la réunion de 9 h 30 avait commencé depuis une demi-heure.

– On doit y aller, j'ai dit. On prend les enceintes. Tu préfères réfléchir où ?

– Revenez après votre réunion, je vais tester l'endroit. Je ne peux rien vous promettre dans la durée, mais pour dépanner je peux rester un peu.

– On fait comme ça, a dit Farid, qui commençait à se sentir beaucoup mieux.

Il a réussi à prendre une enceinte, Henri a pris l'autre, et nous sommes repartis vers le troisième étage.

Quand nous sommes arrivés, nous avons déposé les enceintes près du bureau de Benjamin et nous avons couru vers la salle de réunion pour assister à la fin du comité des prix. Tout le monde était sur le qui-vive, car la volatilité des prix continuait à augmenter. Chaque nouveau jour était un nouveau record de volatilité.

– Vous, analystes Marchés, êtes indispensables pour accompagner les traders dans cette phase complexe, dans laquelle ils doivent tirer leur épingle du jeu tout en limitant les risques pris, nous a expliqué Philippe. Les risques pris, et les risques prix, il a ajouté, pour plaisanter et détendre un peu l'ambiance.

Un nouveau logiciel avait été développé pour modéliser le marché du gaz, encore en beta testing. Il devait nous permettre de faire davantage de simulations. Il modélisait la consommation de gaz de l'ensemble des pays du monde à partir de différentes hypothèses de météo, de niveau des stocks, de vent, de croissance économique, d'effacement de la demande… Côté production, il proposait également différents scénarios qui tenaient compte des décisions politiques, du niveau d'investissement dans les nouveaux projets et des hypothèses sur le calendrier de mise en service des terminaux méthaniers.

– Le modèle nous aidera à préciser notre vision de l'hiver à venir, continuait Philippe.

– Il n'est pas encore très fluide d'utilisation, a expliqué le chargé de Recherche et Développement qui l'avait mis au point. Il y a quelques astuces à connaître. Nous vous formerons, je crois qu'on a un premier créneau jeudi.

– D'ici là, et avant que vous ayez bien le modèle en main, je compte sur vous pour continuer vos efforts. On lâche rien !

À partir de ce moment, la journée a filé, d'une demande à l'autre. Hortense était malade, nous n'étions que trois pour répondre aux questions les plus urgentes. À 16 heures, entre deux analyses, tandis que Farid et Henri étaient encore pris par leurs propres études, je suis allée retrouver Benjamin. Il râlait parce qu'il devait enjamber les enceintes à chaque fois qu'il retournait à son bureau.

Ensemble, on a essayé de connecter mon téléphone aux enceintes pour diffuser un des enregistrements d'ondes alpha que j'avais sélectionnés. Par chance, j'avais un téléphone muni d'une prise jack, contrairement à Farid et Henri dont les téléphones étaient trop récents. J'ai lancé la diffusion de l'enregistrement. Un bruit sourd a retenti dans l'open space. C'était doux et fort à la fois. Benjamin est devenu pâle.

– Ça me fait me sentir bizarre, il a dit, j'ai la tête qui vibre. J'ai horreur de ce bruit, éteins !

J'ai coupé le son et je me suis un peu moquée de lui. C'est rare que Benjamin soit comme ça, tout fragile. En tout cas, ça fonctionnait pour moi. Le bruit était plutôt détendant et il avait masqué un peu le brouhaha des coups de téléphone que passaient les uns et les autres dans l'open space. Un collègue du service production s'est approché.

– Il y a des travaux ici ? il a demandé. Il m'a semblé entendre un gros bruit de perceuse.

– On bricole pour le concours inno, j'ai dit. Tu verras ça bientôt !

Je suis retournée à mes analyses, la journée était décidément beaucoup trop chargée. À 17 heures, je me suis souvenue que nous avions laissé Franck dans la salle du bas. Farid et Henri étaient au téléphone. Je suis descendue voir s'il avait réfléchi. Quand je suis arrivée, il avait disposé mes toiles tout le long du mur. Comme elles étaient grandes et sombres, ça ressemblait à la Rothko Chapel, dont Henri nous avait montré des photos la veille, après un reportage qu'il avait vu sur le sujet. En toute modestie, c'était magnifique. Avec les chaises il avait fait une sorte de tipi au centre, qui abritait l'ours en peluche.

– Je commençais à m'ennuyer, il m'a dit, je n'avais plus de matériel pour créer. Je pourrais être bien ici de temps en temps, surtout quand il pleut, mais il faudrait que je puisse circuler à ma guise.

– En journée nous devrions pouvoir trouver une solution. Je te passerai mon badge, tu pourras l'utiliser en passant par la sortie voitures, ils ne me connaissent pas là-bas. Moi, je me débrouillerai pour arriver en même temps que Farid ou Henri le matin et le soir. Ou je m'arrangerai avec Hervé.

Il a accepté, sous condition :

– Qu'il soit bien clair que je ne paierai pas de loyer, c'est plus du gardiennage.

– Le soir, il faudra que tu évites les allées et venues, soit tu rentres, soit tu sors.

Je me souvenais de quelques nocturnes ici, et c'était une ambiance étrange.

Je suis remontée à mon bureau. J'en avais encore pour quelques heures de travail. J'ai raconté à Henri et Farid que j'étais passée voir Franck et que la salle avait fière allure.

En m'endormant ce soir-là, j'ai été saisie d'un léger doute. Est-ce que Franck était toujours là-bas ? Si on le trouvait avec mon badge, cela ne risquait-il pas de me poser quelques problèmes ? J'espérais qu'il n'allait pas tout saccager. Après tout, nous ne le connaissions pas. Nous savions seulement qu'il faisait des œuvres d'art dans la rue. Avant de sombrer dans le sommeil, j'ai revu l'enchevêtrement de voilages colorés qu'il avait installé devant le bureau, le lendemain de notre rencontre, et j'ai senti mon cœur s'alléger. Rien ne pouvait me bercer davantage que la pensée que nos bureaux stériles étaient habités par un être vivant capable de colorer des trottoirs. Je me suis endormie en rêvant de grandes arabesques roses qui virevoltaient dans le tourbillon volatil des marchés.

Épisode 9

Un mercredi mouvementé

Nuée solitaire
Fracas des talons pressés
Sirènes de fer
Mais le soleil prend son bain
Dans ma tasse de café

Le mercredi matin, je suis arrivée vers 8 heures devant l'entrée, où Farid m'attendait. Je suis rentrée avec lui sous l'œil vigilant d'Hervé.

– Il faudra que tu te refasses un badge, Lucie, si tu l'as perdu.

– Promis !

Farid avait mis une cravate, pour impressionner la mairie de Colombes.

– Je me suis annoncé comme un consultant immobilier perdu parmi toutes les réglementations, m'a-t-il expliqué.

Tandis qu'il me présentait sa stratégie d'approche, nous avons emprunté le long couloir qui mène à notre bâtiment. Il y avait un petit air de fête. Tous les quelques mètres se tenaient des stands avec des affiches colorées et des ballons de baudruche. Car aujourd'hui, nous a dit un des exposants sur le passage, c'était la journée diversité.

Linda attendait à l'entrée du bâtiment Patio. Elle distribuait des flyers en papier glacé arc-en-ciel avec le programme de la journée diversité. Farid a tout de suite repéré qu'il y avait un atelier musical. D'après Linda, il s'agissait d'une expérimentation, proposée par un salarié qui était chef de chœur sur son temps libre. Il nous apprendrait à chanter tous ensemble à partir de nos singularités. Linda nous conseillait surtout la mini-conférence qu'elle animait juste avant midi, dans laquelle elle donnerait quelques statistiques sur la diversité en entreprise de manière générale et en particulier chez Vega Énergie. Elle m'a semblé un peu inquiète sur la fréquentation de son événement. Ils avaient tous beaucoup travaillé pour cette journée, il fallait que le succès soit au rendez-vous. On a promis de venir à sa conférence.

Nous passerions devant le jury du concours innovation à 15 heures. Henri avait apporté un chariot à roulettes, celui qu'il utilisait quand il devait déménager des objets lourds. Grâce à lui, nous pourrions transporter les enceintes sans trop de difficulté. Nous avons répété une dernière fois. Je ferais un mot d'introduction, sur notre équipe. Farid interviendrait ensuite pour une mise en garde : ce que nous présentions n'était qu'une ébauche, la faute à la science qui avançait vite, mais pas assez. Henri prendrait alors la relève. Il mettrait en pratique les acquis de sa formation sur la prise de parole en public. Cela nous permettrait de capter l'attention de l'auditoire.

– Nous allumerons alors les enceintes, a dit Henri. Pendant ce temps, Farid et toi vous parlerez à mi-voix. Le jury pourra donc observer en direct l'effet des ondes alpha sur leur perception de votre discussion.

Pendant la réunion d'équipe hebdomadaire, Benjamin a parcouru les différents sujets. Comme Philippe la veille, il nous a demandé de nous montrer disponibles pour les traders en ce moment.

– Les traders font face à l'extrême volatilité du marché, ils ont besoin de plus en plus d'informations. Il ne faut rien lâcher.

Il a tapé sur la table avec son poing, surexcité.

– Ce que nous vivons sur les marchés de l'énergie est sans précédent. Une période historique !

Je me demandais comment faire pour concilier notre métier avec mon penchant pour une relation plus contemplative au monde. Lorsque tout s'agitait, je ressentais le besoin d'arrêter toute action pour chercher cette pierre au soleil sur laquelle je pourrais me remettre de mes émotions. Est-ce que j'aurais dû faire un autre métier ? J'en doutais. Car bien allongée sur cette pierre au soleil, il n'y a rien que j'aimais tant que contempler l'agitation des autres.

Farid a répété la blague de Philippe sur les risques pris par les traders qui étaient des risques prix, et il a ajouté qu'on avait quand même beaucoup de travail en ce moment. Benjamin lui a reproché de manquer de sérieux, que c'était une opportunité unique pour gagner en visibilité. Hortense aussi trouvait qu'on aurait pu en profiter pour engager une nouvelle recrue. Benjamin n'aurait pas été contre, mais il n'avait pas de ticket. Il nous a regardés tour à tour, et Farid était si dépité qu'il a oublié de baisser les yeux.

– Nous sommes prêts pour la démonstration d'innovation au jury cet après-midi, a dit Henri pour changer de sujet.

– Vous reconnaîtrez Eugène, nous a expliqué Benjamin, c'est celui qui porte des cravates de couleurs vives. N'oubliez pas la journée diversité non plus. De préférence les ateliers qui demandent un émargement, comme ça la direction verra que l'équipe est bien représentée.

Ce qui était appréciable avec Benjamin, c'est qu'il ne faisait pas semblant.

Avec Henri et Farid, nous avons filé à la conférence de Linda. Au fond de la salle, elle nous a montré le buffet qui regroupait des plats typiques préparés par tous les salariés qui avaient des origines. Elle a demandé à Farid s'il avait apporté quelque chose, il a répondu qu'il n'avait pas su choisir entre les spécialités de Saint-Ouen alors il avait préféré ne rien apporter. Linda nous a communiqué quelques statistiques sur les femmes et la couleur de peau des postes à responsabilité dans différentes entreprises françaises, puis elle nous a donné des petites astuces pour lutter contre la discrimination dans notre quotidien. Il fallait par exemple éviter de complimenter les femmes sur leur apparence physique pour ne pas les enfermer dans un rôle d'objet. Henri s'est réjoui à l'idée de raconter le soir à sa femme qu'il était à la pointe du féminisme.

Farid est revenu de son rendez-vous à la mairie de Colombes juste à temps pour la présentation. Nous avons attendu dans le couloir, avec les enceintes sur le chariot à roulettes. Puis Benjamin a ouvert la porte.

– C'est à vous !

Ils étaient une dizaine, j'ai repéré Eugène Sauderet. Il avait une cravate jaune et les cheveux mi-longs, l'air un peu renfrogné, il était assis au bout des tables. Par chance, il y avait une prise du côté de l'espace réservé aux orateurs. Farid a branché les enceintes pendant que je commençais la présentation.

– Bienvenue, j'ai dit.

Puis je me suis rendu compte que c'était plutôt nous qui venions d'arriver.

– Bienvenue dans notre présentation, j'ai complété, pour rattraper ma bévue. Nous sommes Farid, Henri et Lucie de l'équipe Marchés, et nous allons vous présenter notre dispositif « Du bruit contre le bruit ».

Comme prévu, Farid a pris la relève :

– Avant toute chose, nous voulons vous prévenir que cette innovation, à la pointe du progrès technique, doit encore être testée et consolidée par des études complémentaires. C'est maintenant Henri qui va vous en dire un peu plus sur ce que nous avons prévu.

Henri s'est avancé, il a écarté les bras vers le jury.

– BONJOUR, il a dit très fort.

Eugène Sauderet a sursauté, et à côté de lui un type qui s'endormait a ouvert les yeux. Henri a pris un moment de silence, comme il avait appris, pour aller à la ligne. Puis il a dit, avec la voix qui montait vers les aigus pour marquer la dynamique interrogatoire de la phrase :

– Qu'est-ce qui nous empêche tous de travailler efficacement ?

Puis, à nouveau en repartant d'une note assez grave :

– Qu'est-ce qui nous déconcentre ?

Là-dessus, il a fermé les bras. Il a pris une profonde inspiration, et en rouvrant les bras, avec un grand pas vers le jury, il a crié :

– LE BRUIT !

Je crois qu'ils ont tous eu peur, même Benjamin.

Henri a reculé un peu, en baissant les bras. Il s'est tourné vers la slide derrière lui et a demandé en chuchotant à Coline, qui faisait défiler la présentation :

– Slide suivante, s'il te plaît.

La slide suivante listait les quelques nuisances sonores observées en open space. Henri a chuchoté :

– Merci.

Puis il a repris d'une voix modérée :

– Le bruit déconcentre. Mais plus que le bruit même, ce qui nous déconcentre, c'est…

Là il s'est arrêté pour mettre en gras le mot qui allait suivre, il a ouvert les bras et on a tous senti qu'il allait hausser le ton :

– L'IRRÉGULARITÉ du bruit.

Cette fois-ci les membres du jury étaient prêts, ils s'étaient tous redressés par avance et personne n'a sursauté.

– D'où notre idée, a repris Henri, slide suivante, s'il te plaît. Grâce aux ondes alpha, nous voulons créer un tapis sonore reposant et HOMOGÈNE, qui effacera la nuisance des coups de téléphone et des discussions de l'open space.

Henri s'est avancé à nouveau, très près des tables du jury.

– DÉMONSTRATION.

Benjamin a reculé d'un coup. J'ai lancé l'enregistrement d'ondes alpha sur mon téléphone branché aux enceintes. Nous devions maintenant parler pour démontrer que les ondes alpha masquaient notre discussion. Nous avons commencé à échanger quelques mots, il me semblait vraiment que tout le monde continuait à nous entendre. J'ai monté encore le volume. C'était difficile de trouver des choses à dire à Farid avec un tel public.

– Comment avance ton dossier prix du quota de CO_2 ? lui ai-je demandé.

– Il avance très bien, j'ai fait de nombreuses recherches, la plupart fructueuses et pertinentes, m'a répondu Farid. Et toi, comment avance ton projet Timon ?

J'ai eu envie de rire et j'ai regardé du côté du jury si

notre discussion leur était encore audible. Benjamin était blafard, on aurait dit qu'il allait vomir. Il s'est levé et a quitté la salle en courant, en disant qu'il revenait. Le plus grand, à l'autre bout de la table par rapport à Eugène Sauderet, je crois que c'était lui le directeur innovation, nous a dit :

– Merci, vous pouvez couper.

J'ai éteint l'enregistrement. Henri s'est avancé à nouveau.

– Il faudra bien sûr préciser les dosages, car si le poison est parfois le remède, le remède est parfois le poison.

Il s'est incliné légèrement, et Eugène Sauderet a applaudi très fort.

– J'aime beaucoup votre conclusion, il a dit.

Puis il a montré les enceintes.

– Est-ce que ce sont des Victa ?

J'ai répondu qu'on les avait achetées d'occasion, et que c'était de la qualité. Eugène a hoché la tête en marmonnant :

– Très bien, très bien.

Il a griffonné sur sa feuille et s'est adressé aux autres membres du jury :

– Et vous, est-ce que vous avez des questions ?

Personne n'en avait. On est sortis avec le chariot à roulettes, Benjamin était dans le couloir, toujours blafard.

– C'est l'horreur votre truc, j'espère vraiment qu'Eugène n'insistera pas pour qu'on le mette en place.

Nous sommes repartis avec le chariot.

– Déposons les enceintes chez Franck, j'ai proposé. Au

moins elles n'encombreront pas le bureau de Benjamin et on pourra toujours aller écouter de la musique là-bas.

Franck n'était pas là. Nous avons installé les enceintes à côté de la peluche. La salle commençait à avoir fière allure. Il avait ajouté quelques voilages, qui faisaient comme un tipi pastel autour des chaises.

Il manquait encore quelques coussins confortables. Je me suis assise par terre, entre deux de mes toiles, Henri s'est adossé à la peluche et Farid s'est appuyé à la porte en la refermant.

– Comment on va faire ? il a demandé.

– Pour ?

– Pour arrêter de travailler autant.

– Je n'en ai aucune idée. Ça va peut-être se calmer.

Henri a dit qu'il fallait qu'on tienne bon, qu'il y avait malgré tout des côtés intéressants. C'était vrai. Quand même, je serais bien restée quelques heures de plus ici. On aurait mis un peu de bossa nova, et on aurait oublié qu'il y avait des ordinateurs et des bureaux froids tout autour.

En reprenant nos analyses de prix, Farid m'a raconté que son rendez-vous à la mairie ne s'était pas passé de manière idéale.

– Au début, tout allait bien, il m'a expliqué, mais l'interlocutrice a cherché à me googler. Elle n'a rien trouvé qui se rapporte à des projets immobiliers. Elle a cru que je me moquais d'elle, et j'ai dû partir en courant. J'espère que je n'aurai pas de soucis avec la police. Ils ont mon nom.

J'ai rassuré Farid. Elle avait sûrement d'autres chats à fouetter.

Il faudrait être d'autant plus prudent sur le projet Timon. Devions-nous l'abandonner ? J'avais très envie de retourner voir Madeleine au zoo de Vincennes et d'en savoir plus sur ses lézards. Une fois les lézards sur le lieu du chantier, nous pourrions simplement organiser une manifestation pour alerter les riverains sur le trésor écologique qui s'y trouvait. Nous n'avions peut-être pas besoin de passer par ces histoires d'étude d'impact.

– On maintient le projet, j'ai dit à Farid. On ne va pas se laisser abattre. Je prends rendez-vous dare dare avec Madeleine.

Épisode 10

Les *Timon lepidus*

Madeleine avait changé de chapeau. Ce jour-là, elle portait un béret vert couleur *Timon*. Comme convenu, elle est venue me chercher à l'entrée de service, pour que je puisse rentrer sans prendre de billet. Je commençais à m'habituer à pouvoir entrer dans différents lieux sans badge, et je me demandais si le monde était aussi policé et fermé qu'on voulait nous le faire croire. Barrières et frontières de tout lieu et tout temps, je vous franchirai à coups d'amour, j'ai pensé dans un élan d'affection. Nous nous sommes dirigées vers l'enclos des *Timon lepidus*.

Avec elle, je n'étais pas tombée n'importe où, d'après Madeleine. Elle comptait parmi les meilleurs soignants de sauriens, rapport à ce qu'on disait sur les *Timon lepidus* qui étaient difficiles à soigner et qu'elle avait tirés d'affaire. Elle m'a raconté à nouveau l'histoire du hard rock, à la Fête de la musique. Depuis que je l'avais entendue, j'avais répété cette histoire à tellement de gens que je la connaissais par cœur. J'ai dû me retenir de la corriger quand elle se trompait sur les détails.

Je n'aurais su dire si c'était de l'affection que j'éprouvais pour les *Timon*. Je ne ressentais pas l'envie de les prendre dans mes bras, contrairement à Madeleine qui les caressait en vérifiant leurs bracelets électroniques. J'imaginais avec tristesse le déracinement qu'ils avaient dû subir. Oh, je n'avais pas vécu d'expérience de déracinement au sens classique du terme. Pourtant, je voyais de nombreux parallèles entre le principe du zoo et celui de l'entreprise. Moi aussi, je me sentais arrachée à mon habitat naturel, lorsque je devais passer mes journées entourée de verrières austères et d'objets insipides, et ce malgré les machines Nespresso et les séminaires de développement personnel. On me rétorquerait que j'avais de la chance de gagner ma vie en restant assise derrière un ordinateur plutôt qu'en chassant des antilopes avec un lion à mes trousses. Eh bien oui, peut-être que j'avais de la chance. Cela ne m'empêchait pas de ressentir de la sympathie pour le déracinement des *Timon*. D'ailleurs moi aussi, je travaillais beaucoup mieux lorsque je pouvais écouter de la musique en rédigeant mes analyses de prix.

Madeleine m'a tendu le lézard qu'elle portait dans ses bras. Je l'ai pris entre les miens, il était très lourd et il gigotait. Je l'ai bercé doucement en fredonnant « Stairway to Heaven ». Il s'est calmé. Madeleine a sifflé, admirative.

– Tu t'y connais. Tu l'as presque endormi.

Encouragée par le compliment, je lui ai confié que je souhaiterais en emprunter un ou deux quelque temps, pour un projet de défense de l'environnement.

– Qu'est-ce que tu entends par emprunter ?

– Il s'agirait de les prendre avec moi une ou deux semaines, puis de les ramener à l'enclos, toujours en bonne forme et bien nourris.

– Où iront-ils ?

– Sur un terrain vague, j'ai répondu sans oser mentir.

– Qui les surveillera ?

J'ai garanti que ce serait moi. Je leur siffloterais des chansons, je m'occuperais de les nourrir. Madeleine n'était pas très enthousiaste. Elle a repris mon *Timon*.

– Et s'ils s'échappent ?

Madeleine a caressé la tête du *Timon*.

– Ils ne s'échapperont pas, j'ai répondu avec force en posant ma main sur le dos du *Timon*.

Je sentais le rayonnement de son troisième œil m'imprégner jusqu'à me remplir d'acuité sur le monde.

– Nous devrions tous avoir un lézard avec nous, j'ai dit avec conviction. Pour nous rappeler notre origine. Pour nous rappeler que nous étions des dinosaures avant de mourir d'une météorite. Pour ne pas oublier que la vie ne tient qu'à un peu d'oxygène.

Plus j'y pensais, plus j'en étais convaincue. Les *Timon lepidus* ne pouvaient nous apporter que du bonheur. D'ailleurs, dans le *Science & Vie* d'Henri, juste à côté de l'article qui parlait des ondes alpha, j'avais parcouru un entrefilet expliquant que les animaux de compagnie ont de nombreux bienfaits sur la santé. Parmi lesquels des impacts positifs sur la santé mentale. Ça n'a pas plu à Madeleine.

– Les *Timon* ne sont pas des instruments d'épanouissement personnel. Ce sont des êtres vivants à part entière, dotés de leurs propres instincts et désirs, ils ont même leurs propres penchants artistiques. Moi j'essaie de rendre les animaux heureux ici. Car une fois qu'ils sont emprisonnés, autant améliorer leur situation.

Je comprenais Madeleine. Pourtant, il me semblait évident que ce qui nous rendait aussi malheureux en entreprise, c'était l'effacement total de notre condition animale originelle, l'enfermement dans des modes de relation policés. Madeleine m'a conseillé de prendre un chien. C'était une piste, pas tout à fait satisfaisante. Certes, les chiens étaient de braves bêtes, plus vivantes que l'homme d'entreprise. Mais le chien était apparu il y a seulement quinze mille ans sur la Terre, lorsque l'homme avait paraît-il domestiqué un loup. Le chien est au loup ce que le salarié est au chasseur-cueilleur, je me suis dit en pensant tenir une formule. Une version allégée et adoucie par le progrès. Par opposition, les lézards, eux, habitent la planète Terre depuis deux cent quarante millions d'années.

– Avec un lézard, j'aurais l'impression d'avoir un planétarium à côté de moi, car un lézard, c'est presque aussi ancien que les étoiles. Et contrairement à une étoile, c'est vivant et puis ça aime la musique. Ce qui répond à ma problématique. Il y a quelque chose de fondamental, de non corrompu, dans le lézard. En plus, les lézards risquent de survivre à l'effondrement.

– Si tu veux vraiment un lézard, et que tu n'es pas figée sur les *Timon lepidus*, regarde sur leboncoin. Ils en vendent régulièrement. L'enlever à un propriétaire maladroit est bien mieux que d'en acheter un qui vient d'être capturé.

– Pourquoi pas.

Je suis donc repartie avec cette nouvelle piste, sans aucun *Timon* dans les bras. Je ne pouvais en tenir rigueur à Madeleine, j'aurais fait de même sans doute si j'avais été, moi, soigneuse de zoo. Qu'est-ce qui expliquait d'ailleurs que je sois aujourd'hui analyste marchés quand j'aurais pu être soigneuse de zoo, ou pourquoi pas, dresseuse de loups ? Cette question se posait à nouveau, sans l'ombre d'une réponse satisfaisante. Qu'importe, les lézards étaient une solution au problème de l'entreprise vivante. C'était d'ailleurs la solution de ces lézards qui m'avait permis de prendre conscience de ce problème. Pouvait-on en déduire que toute solution trouve toujours un problème ? Cette idée m'enthousiasmait, car elle promettait de justifier toute invention possible. En résumé, j'ai pensé en rentrant dans le métro, le monde est un chemin de surprises, dont les portes s'ouvrent surtout là où l'on n'avait même pas vu de porte.

Quand je suis arrivée au bureau, ils étaient tous affairés à droite à gauche, concentrés derrière leurs écrans, la mine soucieuse. Grâce à eux le monde tourne, j'ai pensé, en prenant conscience qu'il était déjà 11 heures. Enfin, à quel prix il tourne ! me suis-je dit pour me rassurer. C'était toujours ces mêmes sentiments contradictoires. L'envie de participer, à ma mesure, à cette machine huilée dont la complexité et la puissance me fascinaient, mais à la fois, l'urgence de m'en extraire, comme on voudrait se jeter hors d'une voiture folle qui fonce vers une falaise. Je n'étais jamais tombée raide dingue d'un bad boy, mais d'après Linda, c'était comparable en termes de sentiments. Et vu comme notre monde était shooté aux fossiles, j'avais nommé pétrospleen cette drôle de mélancolie.

Farid a proposé un café. Nous sommes descendus voir si Franck était là. Il nous a fait entrer, il construisait une sculpture en tiges métalliques, qu'il avait récupérées chez le garagiste d'à côté. Farid s'est émerveillé :

– Ce qu'il faudrait, c'est qu'on expose tes œuvres dans l'espace devant la cantine, on y mettrait aussi celles de Lucie.

Franck avait déjà fait une exposition il y a quelques années.

– J'habitais à Londres, il nous a expliqué, j'étais pianiste. C'est pour cela que je n'ai pas peur de la pluie.

On a discuté de la possibilité d'introduire du vivant en entreprise. J'ai rappelé les avantages du lézard :

– Stabilité, résilience, incorruptibilité, compassion. J'ajoute qu'un lézard ne prend pas nécessairement beaucoup plus de place qu'un poisson rouge. Il y a toutes sortes de tailles.

– Et pour le chantier d'Henri ? a demandé Farid.

– Pour les *Timon*, c'est râpé pour le moment. Mais c'est un argument de plus : si nous prenons un petit lézard de compagnie, nous pourrons démontrer à Madeleine que nous savons en prendre soin. D'ici à lui emprunter ses

Timon plus tard, il n'y a qu'un pas, que nous saurons franchir en temps voulu, ai-je dit avec assurance.

– J'aime cette idée d'un surcroît de vie, a dit Franck. Ce qui me revient moins, ce sont les lézards. Je suis perturbé par cette histoire de queue qui repousse. C'est un éternel retour un peu bancal puisqu'il n'est que partiel.

Ça a éveillé ma curiosité. Un éternel retour ? C'était une idée amusante. Franck avait l'air passionné.

– Je suis nietzschéen, il a dit sur le ton de la confidence.

– Dis-nous-en un peu plus.

– Vous connaissez Nietzsche ?

– Un peu, Farid a répondu. Je pense comme lui que sans la musique, la vie serait une erreur.

Franck a souri.

– Entièrement d'accord. C'est un début.

– Moi j'avais retenu quelque chose sur l'art, j'ai dit. L'art pour ne pas mourir de la vérité.

Franck a souri à nouveau.

– La vérité chez Nietzsche, c'est un sujet. Mais avant il y a le réel. Le choix du réel. Comment vous en parler simplement ? Nietzsche propose de casser les idéaux pour s'immerger dans le réel et sa pleine puissance. Ce qui fragilise l'homme, ce qui le tue, c'est son espoir et sa nostalgie, sa croyance illusoire en un idéal ou en un paradis perdu. Aimer le réel est une nécessité. Ceux qui espèrent sont faibles. Ils se revêtent d'un bouclier de pensées morbides dont ils croient qu'elles les élèvent. Au contraire, ces pensées, elles les enlisent dans un malheur rampant, dans une course absurde. Il faut dire que Nietzsche…

Franck a parlé encore longtemps et plus il parlait, plus je trouvais que Nietzsche était un chic type. Farid aussi avait l'air impressionné. J'ai interrompu Franck :

– Avant je ne pouvais m'empêcher d'espérer que j'allais accéder à quelque chose d'autre, je ne sais pas quoi, quelque chose de plus que les analyses de marchés. En attendant, j'ai commencé à faire mes œuvres d'art. Et plus le temps passe, plus je me demande si le présent de ces œuvres d'art et de ces haïkus, conjugué aux analyses, n'est pas mon seul destin, et par moments j'arrive à aimer cette expérience. Suis-je également nietzschéenne ?

– C'est exactement ça. C'est aussi ce que je fais avec la ville. Je m'approprie sa réalité terrestre par mes constructions. Attention ! Même sans art on peut être nietzschéen.

– Moi j'apprends le violon. Certes j'ai un idéal, c'est savoir jouer la *Chaconne*. Mais cet idéal ne me rend pas malheureux. Il me pousse à travailler, à partir de la condition présente de mes capacités, de mes doigts. En ce sens je ne suis pas empêché par mon espérance, en aucun cas elle ne ternit mon présent. Pourrait-on pareillement dire que je suis nietzschéen ?

– Pas exactement, Farid, a répondu Franck. Bien sûr Nietzsche ne déconseille pas de pratiquer la musique. Pour autant, je ne suis pas sûr qu'on puisse dire que tu es nietzschéen.

Farid était un peu déçu. On est partis déjeuner à la cantine en méditant ce que Franck nous avait dit sur Nietzsche. Farid était perplexe :

– Je suis pourtant sûr que je suis nietzschéen. Je l'ai senti au fond de moi quand Franck nous a raconté sa vie. J'ai ressenti comme un écho. Je m'apprêtais à raser ma moustache, mais je ne suis plus sûr de rien.

– Franck ne te connaît pas vraiment. Il est possible que tu sois nietzschéen si c'est ce que tu ressens, ne t'inquiète pas. Il faudrait en rediscuter.

– Je me demande si on pourrait proposer à Linda une conférence sur Nietzsche. Tu sais, dans le cadre des ateliers thématiques d'ouverture culturelle qu'elle organise à midi de temps en temps.

– Excellente idée ! Et Franck a l'air au point.

Franck était d'accord. Je pensais de plus en plus qu'on avait une sacrée veine d'être tombés sur lui.

Le lendemain, j'ai discuté avec Linda, qui m'a demandé d'organiser un rendez-vous pour lui présenter Franck.

Le jeudi suivant nous nous sommes retrouvés dans le bureau de Linda. Franck s'était vêtu de son blouson kaki de chasseur pour l'occasion. Elle nous a proposé des tisanes pomme-cannelle. J'en ai accepté une avant de me souvenir que ces tisanes étaient plutôt faites pour être senties. J'ai siroté le breuvage insipide, tandis que Franck déclinait avec sérieux la liste de ses qualifications. Il était docteur en philosophie des sciences, spécialisé en sciences cognitives. Même si Nietzsche n'est pas ma spécialité d'études, a-t-il expliqué, il est digne d'intérêt. Si cela vous plaît, je pourrais vous présenter d'autres philosophes et d'autres sujets.

Linda était très contente. Elle n'avait plus qu'à clarifier quelques détails administratifs.

– Je vous calerai après la conférence diversité. Comment connaissez-vous Lucie ? lui a demandé Linda.

– Nous nous sommes rencontrés dans une galerie d'art.

– Ce qui serait bien, c'est de rendre ça un peu dynamique, un peu participatif. Peut-on imaginer une partie débat ? Avec un titre accrocheur, par exemple « Pour ou contre Nietzsche » ? ou même, « Nietzsche et le recyclage. Éternel retour, Nietzsche était-il le premier écolo ? ».

– On peut imaginer beaucoup de choses, a dit Franck.

– Ce qui compte, c'est de faire le lien avec l'énergie et la vie en entreprise. Est-ce que ce serait envisageable aussi de raccrocher un peu Nietzsche au thème du féminisme ?

– Tout est possible, l'a rassurée Franck. Pour le féminisme, il faudra en rediscuter, ça risque de prendre un peu plus de temps.

En repartant du bureau avec Henri, je lui ai raconté comment Franck et Nietzsche étaient susceptibles de nous changer la vie.

– Ils sont prodigieux, j'ai dit.

Henri était d'accord :

– La philosophie, tout compte fait, vaut bien la technique. D'ailleurs, coïncidence amusante, Nietzsche est partout : pas plus tard qu'hier, j'ai appris que ce qui ne nous tue pas nous rend plus forts, c'était lui et pas Johnny.

Je suis rentrée les yeux grands ouverts, j'étais sûre qu'il y aurait d'autres signes de Nietzsche dans les jours à venir. C'est ainsi que ça fonctionne. Bien sûr qu'il n'y a là rien de magique, on sait que ce sont des histoires d'inconscient aux aguets, mais j'aimais l'idée de devenir pour quelques jours un détecteur de Nietzsche, ça promettait d'être intéressant.

Épisode 11

Les signes de Nietzsche

Flux, flux et reflux
Au gré des états d'âme russes
Ainsi les prix vont

Du temps pour la philosophie, ç'aurait été trop beau. J'avais à peine le temps d'écrire des haïkus sur le marché à partir des aphorismes de Nietzsche. Je les lisais dans le métro et avant de m'endormir.

– Je reconnais que c'est la course, a dit Benjamin. Je n'ai même plus le temps pour mes séances d'entraînement.

Avec l'approche de l'hiver, les marchés s'agitaient, fougueux et chaotiques. Les prix de l'électricité atteignaient des sommets.

Je vous le dis en passant : même si la majorité de l'électricité en France est d'origine nucléaire, les prix de l'électricité suivent les prix du gaz. C'est le marché qui veut ça, une histoire d'équilibre offre-demande et de coût marginal de la dernière centrale appelée… Mais l'important ici, c'est surtout que les prix du gaz continuaient à augmenter.

En partie la faute aux Russes, avec l'affaire Nord Stream 2 qui n'en finissait pas de rebondir.

L'Europe dépendait du gaz russe. En particulier l'Allemagne, qui ne disposait d'aucun terminal méthanier pour s'approvisionner en gaz liquéfié venu du Moyen-Orient, d'Australie ou des États-Unis – nous, en France, nous en avions quatre. Le gazoduc Nord Stream 2 relierait la Russie à l'Allemagne, en suivant le même tracé que le gazoduc Nord Stream 1. Il permettrait de doubler les flux en réduisant par ailleurs les flux russes transitant par l'Ukraine via le gazoduc Brotherhood. Les États-Unis ne voyaient pas d'un bon œil ce projet qui renforcerait la dépendance de l'Europe à la Russie. Il faut dire aussi que les Américains installaient depuis quelques années une batterie de terminaux méthaniers pour exporter leur gaz de schiste vers le reste du monde. En Europe, nous étions un de leurs bons clients. En décembre 2019, alors que la construction de Nord Stream 2 était presque achevée, le Congrès américain avait voté des sanctions à l'encontre des entreprises posant les conduites sous-marines du chantier Nord Stream 2. Du jour au lendemain, plus aucune entreprise n'avait osé travailler avec les Russes pour terminer les travaux. Ces derniers avaient été contraints de préparer eux-mêmes un bateau capable de mener les opérations, et le projet Nord Stream 2 avait pris quelques mois de retard. Enfin achevé, c'était maintenant la certification qui prenait plus de temps que prévu. Il y avait toujours quelque chose. Les Allemands eux-mêmes étaient divisés sur le bien-fondé de ce gazoduc supplémentaire, les plus écologistes s'y opposant.

Farid s'était acheté une chapka.

– L'hiver sera froid, disait-il. Et je préfère être dans le camp des gagnants.

Au-delà du sujet de Nord Stream, les Russes massaient des troupes du côté de l'Ukraine. Les marchés redoutaient que l'affaire ne se corse et que, d'une manière ou d'une autre, le robinet de gaz russe ne vienne à se tarir. Cela contribuait à entraîner le cours du gaz à la hausse, et avec lui, celui de l'électricité. Un dernier point aggravait le tableau, même s'il n'avait pas d'influence majeure sur les prix : une partie du parc nucléaire français était à l'arrêt, pour des opérations de contrôle et de maintenance.

Certains fournisseurs d'électricité avaient été pris au dépourvu par la hausse rapide des cours, certains d'entre eux avaient même fait faillite. J'avais le sentiment de vivre un temps étrange. La volatilité des prix nous demandait une vigilance constante. Benjamin comptait sur nous, c'est pour cela que les réunions d'équipe hebdomadaires se tenaient maintenant tous les jours.

– C'est la guerre, a-t-il dit un matin en nous regardant chacun dans les yeux pour être certain que nous avions bien compris. On est en guerre contre la volatilité des marchés. On doit rendre coup pour coup pour nous maintenir à delta nul. Alors tout le monde sur le pont, arc-boutez-vous au foc et à l'écoute, et hissez haut.

Philippe intervenait de temps en temps pendant ces réunions pour s'assurer que nous étions impliqués.

– Tout tient grâce à votre sens du collectif, il disait. Hortense a travaillé sur le modèle jusque 23 heures hier soir, et avant-hier itou. On jongle entre les vagues scélérates et les tempêtes, mais on tient le cap. Bientôt nous verrons la terre ferme.

C'est Philippe qui avait commencé, avec les analogies maritimes, mais Benjamin lui avait emboîté le pas en moins de deux, pour rappeler sans doute que lui aussi avait une expérience de voileux. Ces analogies étaient toutefois réservées à l'usage des chefs. Un soir qu'une réunion s'éternisait et que nous étions tous épuisés et surexcités, Farid avait hélé Philippe en l'appelant Captain Bonus. Philippe l'avait remis à sa place avec fermeté. Pour se venger, Farid avait écrit Captain Bonus sur la paume de sa main et me la montrait discrètement à chaque fois que nous étions en réunion avec lui.

– Courage, on traversera cette mer agitée ! avait renchéri Benjamin.

Agiter, oui, je les voyais tous s'agiter. Il ne faut pas croire que je ne participais pas. Moi aussi je travaillais, et tard parfois. Le soir, en rentrant chez moi, je dînais de poisson pané et d'épinards surgelés, puis je me plongeais dans un livre avant de m'endormir, exténuée. Mes plantations étaient fatiguées comme moi, mon seringa faisait grise mine et mon pied de vigne semblait mort congelé.

Au bout de quelques semaines de travail intense, j'ai senti que ça ne pouvait plus durer. Le marché, c'était une chose, mais le projet Timon en était une autre, la conférence sur Nietzsche encore une autre, et toutes ces choses avaient pareillement de l'importance.

– Tout comme ma pratique du violon, a ajouté Farid, qui était venu ce soir-là partager mon poisson pané.

Malgré notre charge de travail, Farid jouait de mieux en mieux du violon. Il s'exerçait une heure par jour, le plus souvent après 22 heures. En contrepartie, le samedi matin, il faisait deux heures de ménage chez sa voisine du dessous, c'était un petit arrangement qu'ils avaient trouvé. Par chance, c'était la seule à s'être plainte du bruit. Sa persévérance m'épatait. Car Farid était un mélomane tardif. Il m'avait raconté plusieurs fois cette histoire, mais j'aimais toujours l'entendre.

C'était il y a plus d'un an, en septembre. Il était parti seul en Toscane après la fin brutale d'une longue histoire d'amour. Il se promenait dans une ruelle pavée de Sienne, complètement déprimé, quand il avait entendu de la musique provenant d'un porche sombre. Quelque chose l'avait happé. Presque sans réfléchir, il avait franchi le porche et suivi la musique jusqu'à cette cour pavée, où se tenait un vieil homme, debout, tirant des sons déchirants de son violon. Trois badauds, appuyés contre le mur, l'écoutaient en silence. Farid était resté scotché. À la fin du morceau, lui qui ne parlait pas un mot d'italien avait fait des pieds et des mains pour obtenir le nom du morceau. «Je lui mimais le jeu du violon et il me le tendait, car il croyait que je voulais essayer d'en jouer », me racontait-il à chaque fois. Il s'agissait de la célèbre *Chaconne* de Bach. Farid, qui n'écoutait pas une note de musique classique jusqu'alors, s'était juré qu'il la jouerait lui aussi, un jour.

Ce soir-là, il m'en a joué toute la première partie. Ses progrès étaient impressionnants.

– Je ne veux pas laisser tomber, mais je ne pourrai pas tenir ce rythme longtemps, m'a-t-il avoué. Je m'endors sur mon archet.

Nous nous sommes référés à Nietzsche : « Quiconque lutte contre des monstres devrait prendre garde, dans le combat, à ne pas devenir monstre lui-même. Quant à celui qui scrute le fond de l'abysse, l'abysse le scrute à son tour. »

C'était exactement cela. Emportés par l'agitation des marchés, nous risquions de nous déshumaniser, d'oublier l'important. Oui, il fallait passer à l'acte. J'ai écrit à Madeleine pour lui dire que le lendemain, je retournerais la voir. Je lui demanderais son avis final pour le choix du lézard sur leboncoin.

Le vendredi matin, je l'ai donc retrouvée au café Belle Dorée. Elle avait les yeux rouges et une tenue plus débraillée que d'habitude.

– Je suis contente d'avoir de tes nouvelles. Ça me fait du bien de parler un peu parce que c'est compliqué en ce moment. Je préférais ici, je voulais que personne du zoo ne nous entende.

– Raconte-moi.

– J'ai enchaîné les tuiles. Robert a fugué, un de mes voisins l'a retrouvé et je suis menacée d'expulsion si je le garde.

– Qui est Robert ?

– Robert est mon iguane. C'est un brave garçon.

Elle a sorti son téléphone pour me montrer des photos.

– Robert est tout pour moi. Je m'en occupe depuis cinq ans, c'est le seul souvenir que je garde d'une histoire formidable, avec le seul homme que j'aie jamais aimé.

Elle s'est mouchée, les yeux humides. Je lui ai tapoté la main.

– Ça doit être très dur. Pourquoi tes voisins n'en veulent-ils pas ?

– Il a mordu mon voisin de palier – Robert ne mord jamais, sauf quand il se sent agressé.

– Il faudrait les rassurer, qu'ils sachent que Robert ne s'enfuira plus. Est-ce que tu pourrais le mettre au zoo un moment, en attendant que tout s'apaise ?

– Impossible. Le zoo a des règles d'accueil très strictes. Et puis, j'ai obtenu Robert dans des conditions un peu particulières, il était maltraité, il a mis trois ans à se rétablir d'une ostéofibrose sévère.

J'ai réfléchi un court instant. Pourquoi ne pas faire d'une pierre deux coups ?

– Nous pourrions prendre Robert avec nous quelque temps. Nous avons mûri notre décision, avec Farid et

Henri. Je crois que nous sommes prêts à en acheter un. Je comptais me le procurer sur leboncoin dans les jours à venir.

– Ce serait incroyable ! Tu ne l'emmènerais pas sur ton chantier de construction ?

– Non, pas si tu l'interdis.

– Je préfère éviter.

– On gardera donc Robert sans l'utiliser pour le projet Timon, ai-je dit avec fermeté. Ça m'étonnerait que Nietzsche trouve quelque chose à redire à cette réorganisation des priorités.

– Tu t'arranges comme tu veux avec tes amis, tant que Robert ne finit pas sur un parking.

– Tu as une cage ?

– Pas une cage, c'est un vivarium. En principe il a besoin d'espace et je le laisse souvent en liberté chez moi, mais pour quelques jours tu pourrais le laisser dans le vivarium.

C'est une bonne nouvelle, j'ai pensé en montant dans le bus pour Levallois-Perret. L'idéal serait d'installer Robert dans la salle de Franck, il restait un peu de place sur une étagère.

À la cantine, attablée devant mon dos de cabillaud-purée, j'ai raconté l'histoire de Robert à Farid et Henri et tous les bénéfices que nous retirerions de sa venue dans nos locaux.

– Robert est celui dont nous avons besoin pour nous reconnecter à notre origine animale. Sa présence nous décentrera des marchés et nous ramènera à l'essentiel.

Je leur ai montré les photos que Madeleine venait de m'envoyer. Henri m'a demandé de les ranger.

– Ça me coupe l'appétit ! Ces petits picots verts sur le dos et ces yeux globuleux, c'est dégoûtant.

Puis il m'a prévenue : il soutenait cette histoire de lézard, mais il ne fallait pas compter sur lui pour le cajoler.

– Je participerai aux frais pour la nourriture et je ferai tout ce qui est bricolage pour la cage et les jouets, rien de plus !

– Franck m'a dit qu'il nous aiderait. Moi je m'impliquerai beaucoup, et Farid a presque maîtrisé la *Chaconne*, donc il aura bientôt plus de temps.

Farid nous a montré les cals sur ses doigts.

– Si Robert ne mord pas, vous pouvez compter sur moi !

Benjamin nous a rejoints, les sourcils froncés, portant sur ses épaules le salut du monde.

– Je sors de la réunion de crise, nous a-t-il expliqué.

– Redis-nous un peu ce qu'il en est, ai-je demandé pour lui faire plaisir.

– Vous devriez le savoir mieux que moi ! L'hiver sera très froid. La France risque la pénurie de gaz et d'électricité. Nos traders ont pris des positions très risquées et nous n'arrivons pas à nous couvrir.

– Mets ton manteau, j'ai marmonné pour rire, mais je savais que ce n'était pas le moment.

– C'est la même chose chaque année, a remarqué Farid, pour montrer qu'il suivait.

– D'une, ce n'est pas une raison pour ne pas s'inquiéter, de deux, cette fois-ci c'est bien pire, a répondu Benjamin.

Bien pire, peut-être, mais ce qui était pire encore, c'était cette histoire de Madeleine qui risquait l'expulsion. Je suis repartie tôt pour chercher le lézard chez elle. Madeleine habitait à Charenton-le-Pont.

C'est quand je les ai vus sur le trottoir que je me suis rendu compte des dimensions de Robert.

Sur les photos, je n'avais pas d'éléments de comparaison. J'avais imaginé qu'il était photographié de très près. En réalité, Robert faisait bien 1,20 mètre de long, et il n'était pas tout mince.

– Madeleine, tu ne m'avais pas dit qu'il était grand comme ça ! J'imaginais une petite chose.

– C'est un iguane, Lucie, il est tout riquiqui pour un iguane ! Hein mon Robbie ?

J'ai hésité à appeler Farid et Henri pour avoir leur avis. Mais si je leur demandais, ils diraient non à coup sûr.

J'ai regardé Madeleine debout, en salopette verte, à côté de sa grande cage vitrée. Robert m'ignorait, il regardait les voitures défiler dans la rue. Autour d'eux tout était gris et plat, ils formaient une tache colorée et tridimensionnelle sur le trottoir. J'ai ressenti la même bouffée d'espoir que lorsque j'avais aperçu Franck et son art urbain en bas des marches grises de nos bureaux.

Pourtant, ce n'était pas simple. Proposer à Franck de s'installer chez nous, c'était déjà un peu douteux, c'est vrai. Enfin, quand nous nous inquiétions trop de « possibles retombées », comme disait Farid, nous nous rassurions en pensant qu'au pire on aurait toujours pu dire que Franck était arrivé là par hasard. Mes toiles et mes collages, je ne les signais pas, c'était pareil : je pouvais nier y être pour quoi que ce soit. Tout ça restait somme toute assez confortable.

Mais Robert ! Robert, c'était autre chose. Si on le prenait, Robert nous engagerait drôlement.

Vous auriez fait quoi à ma place ? Franchement, ce n'est pas que j'étais au pied du mur. Je pouvais dire non. Je connaissais assez Madeleine pour savoir qu'elle ne m'en tiendrait pas rigueur.

À nouveau je les ai regardés et j'ai eu l'impression que refuser Robert, c'était fermer la porte à toute la poésie que je rêvais de faire entrer dans l'entreprise. L'entreprise, c'est rationnel. Ça mesure, ça compte, ça soupèse. Comment peut-on imaginer être poète dans ces conditions ? Justement, voilà que me tombait dessus quelque chose d'un peu plus volumineux que prévu. Je n'allais pas le refuser pour une vulgaire histoire de taille. On ne fait pas de la poésie à moitié. La poésie, la vie, l'imprévu, tout ça c'est du même acabit.

– Lucie ?

Et puis dans le pire des cas, qu'est-ce qui se passerait ?

– Lucie ?

J'étais nietzschéenne, tout de même, et ça il ne fallait pas l'oublier. Une nietzschéenne ne pouvait pas refuser les défis qui se présentent. Robert était peut-être le plus gros signe de Nietzsche qui me serait jamais donné.

– On prend le pépère. Allez, monte là-dedans, carotte ! j'ai dit.

Nous avons chargé Robert et le vivarium dans la camionnette de Madeleine, qui a recouvert l'iguane d'une grande toile noire.

– C'est pour les longs trajets, ça l'endort.

Il était 20 heures. J'ai appelé Farid. Nous étions convenus qu'il m'attendrait au bureau, pour m'aider à l'installation.

– Je m'ennuie ferme. Franck fait la sieste en bas. L'étage est désert, même Benjamin est parti, a-t-il dit.

– On va avoir besoin d'un badge parking, tu peux te débrouiller ?

Je n'ai pas osé lui parler des dimensions de Robert. Nous sommes parties tranquillement vers Levallois, Madeleine au volant.

– J'ai prévu un sac avec de quoi manger pour plusieurs jours. De toute façon, je reviendrai le voir en fin de semaine au plus tard. Enfin tu verras, c'est pas si compliqué, on prend vite le pli. Robert est un amour. Seulement, quand tu le sors du vivarium, tiens-le bien, sinon il s'échappe. Il court très vite, bien plus qu'il n'en a l'air.

Tandis que défilaient les immeubles et les buildings et pendant que les préconisations de Madeleine ronronnaient dans mes oreilles distraites, je me suis demandé quel était le sens de la vie. La route a toujours éveillé chez moi des questions métaphysiques. Le long du périphérique, en longeant les ramassis de vies mêlées et empaquetées dans des zones bétonnées, je sentais plus que jamais la nécessité d'un symbole vivant pour illuminer ces perspectives. Vraiment, Robert tombait à pic.

Farid nous attendait sur le trottoir devant le parking. Il a tendu le badge à Madeleine, puis il est monté à l'arrière de la camionnette pendant que nous passions la barrière.

– Lucie, j'ai entendu souffler derrière moi, Lucie !

Il avait une drôle de voix.

– Qu'est-ce que c'est que ce truc ?

– C'est Robert, enfin ! ai-je répondu. Le Robert des photos !

Ce n'était pas le moment de montrer à Madeleine que nous avions des réticences.

Nous avons remonté l'allée et nous nous sommes garés au sous-sol, près de l'ascenseur. Il était 20 h 30. Il n'y avait plus grand monde dans le parking, mais il fallait être prudent. J'ai attrapé le vivarium par un bout, Farid a pris l'autre, et nous avons emmené Robert dans la salle de Franck, escortés par Madeleine.

Franck, qu'on venait de réveiller, s'est assis sur son

matelas gonflable. Il nous a regardés comme si on était demeurés.

– Qu'est-ce que c'est que ce truc ? il a dit à son tour.

– C'est Robert, ai-je répondu, le plus naturellement possible.

– Bonjour, a dit Madeleine. Je crois pas qu'on a été présentés.

– Vous êtes cinglés !

– Merci toujours.

– Pas vous, madame, je parle à Lucie et à Farid.

– C'est Robert, le lézard de Madeleine.

– C'est un iguane, a dit Madeleine.

– Sois un peu nietzschéen, Franck. Où est passé ton *amor fati* ? La réalité nous a donné un lézard plus grand que prévu.

Franck a soupiré, puis il s'est levé.

– On va être un peu tassés, il a dit. Mais les hasards du destin sont toujours hasardeux.

On a déblayé un peu les toiles et les voilages, posé le vivarium, branché la lampe pour qu'il ait suffisamment de vitamine D, comme l'avait conseillé Madeleine, puis on s'est assis autour de Robert. Il avait l'air fatigué par le trajet.

– Pensez que des lézards comme ça, ça existe depuis deux cent quarante millions d'années, j'ai dit.

– Des iguanes, m'a corrigée Madeleine.

– C'est vertigineux, a dit Franck, qui se remettait de ses émotions. Mais qu'est-ce que le temps ?

Madeleine m'a donné le cabas rempli de légumes et de fruits abîmés, et m'a répété les instructions pour la lumière et les repas. Elle a attrapé Robert, l'a serré dans ses bras et lui a dit qu'elle revenait vite. Robert n'avait pas l'air inquiet. J'ai raccompagné Madeleine au parking, puis je suis revenue voir les autres.

– C'était prévu qu'il soit aussi grand ? a demandé Farid.

– Je n'ai pas vraiment pu refuser. De toute façon, on ne va pas le bouger ce soir. Tu préfères l'emmener chez toi ?

Farid s'inquiétait surtout du volume d'excréments qu'un tel animal ne manquerait pas de faire. Il faudrait trouver une solution d'évacuation. Franck avait repéré des toilettes qui n'étaient jamais utilisées.

– C'est vrai que je n'avais pas pensé que ça prendrait autant de place dans ta salle, Franck, me suis-je excusée. Je pensais que ce serait de la taille d'un petit aquarium.

Franck, par chance, avait retrouvé son sourire.

Il était maintenant 21 h 30 et j'en avais plein les jambes. Autant profiter tout de suite du rayonnement de notre invité. J'ai choisi une playlist forêt tropicale et connecté mon téléphone aux enceintes Victa. On s'est allongés tout autour de Robert et on a fermé les yeux.

– Imaginez qu'on est loin, très loin, dans une forêt remplie de dinosaures, ai-je dit avec une voix suave.

Les enceintes diffusaient un bruit de pluie et de croassements de grenouilles. J'avais l'impression de sentir l'odeur de la terre mouillée.

– Écoutez les grondements de l'orage, écoutez le bruit du lézard.

– C'est un iguane, a dit Farid.

J'ai monté encore le volume.

– Il faudrait repeindre le plafond, a dit Franck, ça manque de couleur.

– Il n'y a pas de plafond, Franck. Il y a des arbres qui montent vers le ciel et tout là-haut l'orage qui menace… Respirez et sentez l'odeur des arbres humides. Ici nous sommes à l'abri des dinosaures, mais ils ne sont pas loin. Nous sommes connectés avec la nature, nous voyageons dans le temps. Le vent souffle un air tiède et humide, la pluie tombe à verse, elle dégouline des arbres et des feuilles, les lézards sont cachés sous les pierres à l'abri. Quelques serpents passent, des guépards aussi. Mais si nous sommes suffisamment immobiles, ils ne nous verront pas. Les feuilles sont vert intense, les fleurs sont rouges et jaunes et larges et vives, elles sont carnivores, elles guettent les papillons imprudents.

Franck et Farid ne bougeaient plus, les yeux fermés. Nous sommes restés comme ça au moins une heure. C'était un véritable voyage.

Après, Robert a commencé à faire des petits bruits. Je lui ai glissé un morceau de fenouil. Farid s'est relevé.

– Il est très tard, je vais rentrer. On recommencera demain. Y a pas à dire, j'ai perdu le contact avec les marchés pendant une heure, ça fait du bien.

– On tient peut-être la solution contre la folie des marchés !

Moi aussi je me sentais toute détendue.

Épisode 12

Comme si de rien n'était

Le lendemain, je suis arrivée un peu en avance pour voir comment la nuit s'était passée. Robert m'a regardée sans animosité. J'ai glissé quelques carottes dans le vivarium.

– Franck sera là dans la matinée, l'ai-je prévenu. Tu auras de la compagnie.

J'ai filé à l'étage. Benjamin m'a accueillie avec un sourire généreux.

– Tu es matinale, Lucie !

C'est étrange, savoir que Robert était en bas m'aidait à travailler. Tandis que d'ordinaire je marinais dans un vague désespoir lié au sentiment d'être exploitée par le Capital pour des tâches qui n'apportaient presque aucune valeur au monde, voilà que j'exploitais moi-même l'entreprise et ses ressources, en cachette, pour y nicher Robert. C'était un effet de renversement, un effet de révolution. Exactement, c'était ça ! J'allais lancer une grande révolution. Un défi Robbie ! Sur Insta, #lifeatwork #clandestinity. Et vous, quel iguane hébergez-vous ? #secret#patronpigeon.

J'ai pris l'idée en note sur mon carnet noir. En relevant la tête, j'ai vu Benjamin qui me souriait, ravi de ma venue matinale, et j'ai eu envie de lui sourire aussi. Avant de reprendre mes esprits. Quel échec ! Enfer et damnation, j'allais me faire avoir comme une bleue. Ils pointaient le bout de leur nez, les comités RH proposant à la direction d'héberger volontairement des lézards « en cachette » pour que leurs salariés se sentent moins exploités. J'ai eu envie de vomir ; je les voyais avec leur pancarte « Donnez-leur un lézard, ils vous donneront leur cœur ». Non, une fois de plus, je ne pouvais prétendre avoir une quelconque vision collective et sociale, j'étais un éternel instrument du système. J'ai rayé le « défi Robbie » de ma liste et j'ai suivi Benjamin à la machine à café.

J'ai pris mon café pendant que Benjamin se servait un verre d'eau. Lui n'avait pas besoin de boire du café, il était né comme ça, alerte et réveillé à toute heure, m'avait-il expliqué plusieurs fois. Nous avons papoté quelques minutes en attendant l'ouverture des marchés. Il regrettait de devoir annuler un voyage en Transsibérien qu'il avait prévu depuis quelque temps.

– Mais si la guerre éclate vraiment, on risque d'avoir un beau bonus sur le gaz. Je ferai un voyage deux fois plus long l'année d'après.

Benjamin n'était pas méchant à proprement parler, il était surtout très focus, comme il disait.

Quand ils sont arrivés, une heure plus tard, j'ai repris un café avec Henri et Farid. Henri nous a annoncé qu'il allait être papa dans cinq mois. Il était heureux.

– Vous vous rendez compte ? il nous a dit. Moi je jouais avec des voitures télécommandées. Mon enfant, lui, jouera avec des drones et des robots. C'est incroyable, ce que les temps changent !

– Félicitations !

Si on était heureux pour lui, Farid était aussi inquiet.

– Tout le monde vieillit et mûrit, m'a-t-il confié avant de revenir dans l'open space. Et nous, on s'occupe d'un lézard.

Je voyais ce qu'il voulait dire. Mais je n'avais pas d'angle d'attaque pour traiter le sujet. La volatilité des marchés, Robert, les haïkus et le brouhaha de la vie quotidienne occupaient tout mon esprit. Au fond, je me rendais bien compte de ce que je faisais : je nageais dans le pétrospleen et je ne voulais surtout pas voir que je n'avais presque plus pied. J'ai écrit sur ma liste de choses à faire « Régler le problème de la maturité », et on s'est promis d'en rediscuter plus tard car on était déjà bien occupés.

À midi, nous sommes allés chercher des kebabs, puis nous avons rejoint Franck et Robert dans la salle. Henri n'avait pas encore vu Robert. Avec Farid, nous avions préféré lui faire la surprise.

– Qu'est-ce que c'est que ce truc ? il a dit quand il est entré.

– C'est Robert, ai-je répondu. Robbie, dis bonjour à Henri.

Henri a soufflé.

– Boys, vous êtes cinglés. On va avoir des problèmes.

– Attends, tu vas voir.

J'ai déployé les tapis de sol et les coussins autour de Robert. Son vivarium était illuminé, rempli d'un tronc et de plantes vertes, avec quelques galets. Tout autour il y avait la cascade de voilages de Franck, qui formait comme un baldaquin rose et jaune. J'ai branché mon téléphone sur les enceintes et lancé la playlist tropicale.

– Allongez-vous ! ai-je proposé.

Henri, Farid et Franck se sont installés et j'ai monté le volume.

– Écoutez votre souffle. Laissez vos pensées aller et venir, ai-je dit. Regardez autour de vous comme Robert regarde.

– Je ne pensais pas que la connectique Bluetooth fonctionnait sur les Victa, a dit Henri. C'est toi qui as bricolé ça ?

– C'est Franck. Silence maintenant. Place à l'Amazonie.

Dix minutes se sont écoulées. La pluie gouttait par les enceintes et Robert broutait quelques racines. Tout était calme.

– Tu vois l'effet que ça fait ?

Dans un premier temps, Henri a avoué qu'il se sentait peut-être légèrement détendu. Mais il avait surtout faim, à la réflexion. Et puis somme toute, il n'était pas sûr que le jeu en vaille la chandelle, car maintenant qu'il se souvenait à nouveau que nous avions fait rentrer un iguane dans les bureaux de Vega, il était repris par sa migraine ophtalmique.

– Quand est-ce que vous allez le mettre sur le chantier près de chez moi ?

– On abandonne l'idée pour le moment. Si on dépose Robert sans vivarium, il s'échappera. Si on le met sur le chantier avec le vivarium, personne ne croira que c'est son habitat naturel. Et puis, Madeleine ne veut pas.

Finalement, tout s'est bien passé. En quelques jours, nous avons trouvé notre rythme. Je nourrissais Robert le matin, je nettoyais son vivarium, puis c'était Franck qui prenait le relais à midi et Farid le soir avant de partir.

Franck avait réorganisé la petite salle, elle était somptueuse de décorations et d'œuvres d'art. Il avait installé son coin nuit au fond, protégé par un paravent de sa fabrication, une soie bleue tendue sur des tiges en bambou. Le vivarium était collé contre le mur à gauche, les enceintes de part et d'autre. Devant le vivarium, dès que l'on entrait dans la pièce, on tombait sur les tapis et les coussins.

De plus en plus de gens connaissaient Franck, car il participait aux ateliers collaboratifs. Je l'avais entendu se présenter comme un prestataire technique de communication.

– Je fais mon trou, il disait quand je m'étonnais de le voir saluer des gens dans les couloirs.

Combien de vies est-ce que Franck avait eues ? J'avais cru que son titre de docteur en philosophie était un mensonge pour impressionner Linda. Il n'en était rien. Il m'avait montré sa thèse, qui traitait de l'imagination en milieu technique. De son histoire personnelle et de ce qui l'avait amené à dormir devant nos bureaux, je n'avais jamais rien su de plus.

– Un philosophe doit expérimenter, disait-il aussi à chaque fois que je m'étonnais qu'il s'intègre si bien dans les réunions.

Il avait encadré le premier haïku que j'avais écrit pour lui lorsque je l'avais rencontré la première fois. J'avais honte, je le trouvais maintenant un peu réducteur.

– C'est l'intention qui compte.

Cela m'avait un peu consolée du fiasco du bottin artiste de l'entreprise.

Volatilité des marchés oblige, Philippe avait annulé ses congés. Entre deux réunions, il traversait les couloirs à grands pas, énonçant au vol des mots sibyllins. « Les taureaux sont dans l'arène », il disait par exemple. Parfois je lui empruntais ses expressions pour mes haïkus. Farid avait fabriqué une pancarte « Non à la corrida ». Il la levait dès que Philippe passait. « Garde la shape », répondait alors Philippe, et on ne comprenait pas plus ce dont il s'agissait.

Le lundi suivant, il a pris le café avec nous. J'en ai profité pour lui demander s'il connaissait Nietzsche.

– Assez peu, à vrai dire.

– On organise sur lui une conférence avec Linda.

– Priorité au direct, il a répondu.

Dans le doute, j'ai ri poliment.

– Ça ira, sans les vacances ? j'ai demandé.

– Je me détendrai au séminaire à Aix-en-Provence.

Car pour maintenir la cohésion des équipes par ces temps houleux, la direction avait prévu deux jours de team building dans le Sud.

– Certes, ce n'est pas le moment, mais ce n'est jamais le moment pour se détendre. Et nous en reviendrons gonflés à bloc.

Benjamin était dans la confidence du programme du séminaire.

– Travaillez, donnez-vous à fond, il disait pour nous encourager quand les journées finissaient trop tard. À Aix, on se détendra ! C'est un bon lot de consolation !

En effet, notre présentation n'avait pas convaincu l'ensemble du jury, et nous n'avions finalement pas gagné le téléphone. Nous avions reçu un mail d'Eugène Sauderet, qui nous félicitait malgré notre échec :

> « Vous méritiez de gagner. Gardez la tête haute, et souvenez-vous que l'entreprise a besoin d'esprits audacieux et incompris, même si elle l'ignore. Proposer du bruit contre le bruit, c'est ajouter du réel au réel pour obtenir l'harmonie, c'est joindre un chant guérisseur à l'inéluctable nuisance, jusqu'à ce qu'elle s'évanouisse de son propre chef, déçue de ne plus résonner comme avant dans l'espace attendri. »

Si nous n'étions pas certains d'avoir compris exactement tout ce qu'il voulait dire, nous avions apprécié le mot sur les esprits audacieux et incompris.

– Perdant, mais audacieux, disait Farid dès qu'il butait

sur une analyse ou que Benjamin lui reprochait son manque de rigueur.

La conférence de Franck se tiendrait juste à notre retour du séminaire. Nous étions loin d'être au point. Franck était devenu complètement gaga de Robert. Dès que je voulais le mettre à contribution sur la conférence, il s'arrêtait et contemplait l'iguane.

– Je commence à avoir une idée, disait-il. Robert est tellement apaisant.

Mais il n'avait rien voulu me dire. Je lui avais arraché quelques généralités sur Nietzsche, que j'avais mises en forme et recopiées pour rassurer Linda.

La veille du séminaire, j'ai préparé ma valise en récapitulant les haïkus que Nietzsche m'avait inspirés sur les marchés.

Épisode 13

Le séminaire de service

Sur le quai de la gare d'Aix-en-Provence, personne ne nous attendait.

Le trajet n'avait pas été de tout repos. Nous avions tous voyagé dans le même wagon. Henri avait apporté sa guitare et profité du trajet pour nous jouer quelques chansons. J'avais « Laissons entrer le soleil » en boucle dans la tête. Il nous l'avait chantée dans l'émotion générale, après nous avoir expliqué ce qu'elle évoquait pour lui, à l'aube du démarrage des travaux de construction de l'immeuble qui masquerait la vue depuis son appartement. Nous avions tous repris en chœur « Laissons entrer le soleil, let the sunshine in », portés par la voix puissante et le regard grave d'Henri. Il compensait son manque de justesse par l'intensité de son interprétation. C'était la première fois que je l'entendais chanter et jouer de la guitare.

Henri portait sa guitare sur son dos et poussait devant lui une valise grise à roulettes. Il l'a calée contre la poubelle et nous avons fait quelques pas vers le distributeur. En choisissant une bouteille de Coca-Cola, il m'a raconté que c'était la formation sur la prise de parole en public qui lui avait donné envie de se produire devant des spectateurs.

– Tu sais, cette formation a changé beaucoup de choses pour moi, a-t-il ajouté en lissant les plis de son tee-shirt rouge. Je m'affirme davantage. J'ai moins de complexes.

J'ai regardé ses mains posées sur son ventre rebondi.

– Mon avis n'a pas d'importance, mais j'ai toujours trouvé qu'un peu d'embonpoint apporte de la douceur et de la force.

– Merci, m'a dit Henri. Enfin, je parlais surtout de mes cheveux. J'ai beau utiliser du gel, ils rebiquent, et ça me donne l'air idiot.

Je me suis promis d'en glisser un mot à Farid. Henri ne nous avait jamais dit que ses cheveux le chagrinaient à ce point, et Farid nous proposait souvent des devinettes sur les cheveux gominés d'Henri.

J'ai regardé autour de moi. Farid était un peu plus loin, avec des collègues du Management des risques. Nous étions une trentaine de collaborateurs, dont toute l'équipe Marchés, sauf Hortense, qui n'avait pas pu venir.

– C'est étonnant, il aurait dû y avoir un chauffeur muni d'une pancarte « VEGA ÉNERGIE », a dit Coline, la secrétaire de Philippe.

Elle est allée vérifier jusqu'au bout du quai, pourtant désert, si vraiment personne n'était embusqué derrière une poubelle. Chou blanc. Benjamin a proposé d'aller voir sur le parking directement. Il est parti au pas de course, nous l'avons vu grimper les escaliers puis parcourir le pont au-dessus des voies, jusqu'à disparaître vers la sortie du côté navettes et taxis.

Henri a avalé son Coca light et m'a demandé de surveiller sa valise. Puis il a posé sa guitare devant lui et a caressé sa housse en jouant avec le zip.

– J'ai peut-être le temps de vous en faire une dernière ?

Philippe a regardé sa montre.

– Il ne faut pas qu'on traîne non plus ! Par chance, j'avais prévu une marge de sécurité sur le programme.

Philippe devait être de ces amis avec qui il fait bon partir en voyage. Ces amis de bon conseil, qu'on appelle lorsqu'on a un litige avec une assurance ou quand on cherche un avis sur le meilleur fournisseur d'énergie. Je me suis rapprochée de lui pour bénéficier de son aura.

Quelques minutes plus tard, Henri s'éclaircissait la gorge, quand un sifflement strident a retenti dans la gare. Un coup long et des petits coups secs. Une alarme pour nous prévenir du passage d'un train ? Une silhouette gesticulait là-bas, de l'autre côté, trois voies plus loin. C'était Benjamin, qui s'était muni d'un sifflet. Il agitait les bras, nous faisant signe de le rejoindre. Philippe a donné l'ordre à Coline de nous demander à tous de la suivre.

– En route vers la sortie navettes, elle a crié, la sortie navettes.

– Quelle sortie ? a demandé Farid.

Coline a répondu la sortie navettes, la sortie navettes, elle l'a redit deux fois pour les autres aussi.

– LA SORTIE NAVETTES, a dit Henri avec le ventre,

pour lui rendre service, car la voix de Coline ne portait pas beaucoup.

Il a rangé sa guitare dans sa housse, nous avons pris nos affaires et nous sommes tous partis vers la sortie navettes, en passant par le pont au-dessus des voies.

Benjamin nous attendait à la sortie navettes. Il avait réussi à identifier l'autocar que nous cherchions. Il nous a conduits vers le fond du parking. Devant moi Henri marchait sans regarder sur la voie du dépose-minute. Il a coupé la route d'une voiture, qui a pilé et klaxonné. Benjamin s'est approché du conducteur et a sifflé très fort dans son sifflet, je crois que le chauffard a eu peur.

Le chauffeur était bien au fond du parking, accroupi sur les marches de son car, une cigarette aux lèvres. Il faisait beau, le soleil se reflétait sur la pancarte plastifiée « VEGA ÉNERGIE » qu'il avait posée contre la roue avant. J'ai senti la chaleur sur mon visage, c'était bon d'être dans le Sud alors qu'il faisait déjà froid à Paris.

Je me suis installée à côté d'Henri. Une fois que nous sommes tous montés dans le car, Coline s'est emparée du micro.

– Test, test, est-ce que vous m'entendez ?

Derrière moi, Farid, qui ne peut pas s'empêcher de faire l'intéressant, a dit :

– Plus fort ! Plus fort, on n'entend rien !

Coline a monté le volume jusqu'à saturation, et tandis que nous nous bouchions les oreilles, elle nous a expliqué qu'on se dirigeait vers le gîte où nous aurions une session de brainstorming sur les activités du service suivie d'une petite surprise.

Philippe a pris le micro. Il était heureux qu'on soit tous là. Des moments de cohésion comme ça, c'était tout le sel de la chose quand par ailleurs on vivait des phases de stress au travail, et il espérait que nous apprécierions le séminaire, enfin que *carpe diem* et *cave canem* en arrivant au gîte. Maintenant il cédait le micro à Benjamin qui voulait nous dire un mot.

Benjamin était assis juste derrière le conducteur. Il a attrapé le micro en se retournant vers nous, à moitié agenouillé sur son fauteuil.

– Hello tout le monde ! J'espère que vous profitez bien, vous allez voir, le programme est qualitatif. Comme certains le savent, je suis un grand coureur, en plus d'être un excellent grimpeur ; j'emporte toujours ma GoPro et je fais des montages vidéo à mon retour. Par exemple, l'année dernière, j'ai couru l'Ironman, et j'ai préparé un montage d'une dizaine de minutes avec les plus belles images. C'est en fait assez simple, et je suis devenu très compétent en la matière. Je vous propose de réaliser un petit film sur notre séminaire, ce sera un bon souvenir. J'ai apporté la caméra. Bien sûr, si certains d'entre vous ne veulent pas être filmés, qu'ils se signalent.

Il s'est rassis sous les applaudissements.

Le car nous emmenait à travers des vallons recouverts de forêts de pins, je me sentais en vacances. Henri terminait sa nuit à côté de moi. Benjamin s'est levé, emportant sa caméra, pour discuter avec les uns et les autres. Il est venu vers moi en s'agrippant aux sièges car la route tournait un peu.

– Souris, Lucie, il m'a dit en me filmant, ça va être un repos bien mérité.

Le gîte était splendide, les façades noyées de soleil. Plusieurs bâtiments encadraient une cour de gravier, au centre de laquelle gargouillait une fontaine entourée d'un muret blanc. Plus loin on devinait un immense jardin, la silhouette de quelques cyprès. Notre hôtesse, Marlène, une femme souriante aux cheveux courts et à la peau bronzée, nous a présenté le lieu.

– Vous permettez que je vous filme ? lui a demandé Benjamin. Je réalise un petit film sur le séminaire.

Nous avons pris possession de nos chambres avant de nous retrouver à l'espace détente, où Philippe et Coline nous attendaient pour le brainstorming.

– Nous aurons peu de temps car nous avons pris du retard sur le programme, malgré les marges, nous a prévenus Philippe. Je reviens vite, j'ai quelques coups de fil à passer.

Il était déjà 15 h 30, la surprise commençait à 16 heures. Coline nous a tout de même distribué les Post-it et les Stabilo. Des Post-it roses pour le positif de l'année écoulée, des Post-it jaunes pour un point d'amélioration pour l'année suivante.

J'ai toujours été très mauvaise pour ce genre d'exercice. Depuis notre échec au concours innovation, je suis revenue à mon rapport spontané aux dysfonctionnements. J'aime les observer. Plus le temps passe, plus j'éprouve une sorte de fascination pour tout ce qui peut ne pas tourner rond. Je découvre, pleine de curiosité, ce qui se produit quand la machine s'enraye. La perplexité des uns et des autres, les tensions ou les modifications d'équilibre. Faute d'idées, j'ai donc écrit un haïku sur le Post-it rose :

Pétrole mélodique
Sueur dans l'open space
Drôle de danse

Benjamin filmait les allées et venues vers le mur sur lequel nous collions les Post-it. Il a filmé Farid déposant son Post-it positif, puis a zoomé sur son petit papier rose.

– C'est anonyme ! s'est plaint Farid, qui y avait dessiné Benjamin sur la première marche d'un podium.

– Travelling vers le positif, a dit Benjamin sans prêter attention à son dessin. Puis panoramique sur le groupe, il a dit en se retournant vers nous tous avec la caméra.

Nous n'avons pas eu le temps de lire tout haut les Post-it, car l'heure de la surprise était arrivée. Elle avait la forme d'un homme élancé vêtu d'une veste en cuir noir et chaussé de santiags.

– Je vous présente Tristan, a dit Coline. Tristan est écrivain et scénariste.

Tristan a fait une petite courbette.

– Il va maintenant nous coacher pendant quelques

heures, pour nous aider à écrire chacun notre propre scénario de court métrage.

Nous nous sommes assis sur les poufs et les fauteuils, et Coline nous a distribué des feuilles blanches fixées sur des tablettes en plastique.

– Bonjour à tous !

Tristan nous a répété qu'il s'appelait Tristan, puis nous a raconté qu'il avait écrit plusieurs livres avant de se concentrer sur les scénarios pour le cinéma et les séries.

– Il n'y a pas de recette magique, il a dit. Pas de recette magique, mais quelques ingrédients qu'il nous appartient de cultiver puis de cueillir dans les champs fertiles de nos imaginati-ons, sous la bénédicti-on des dieux de la créati-on, et voyez-vous, je fais des rimes sans même y prêter attent-i-on.

Là-dessus, il a refait une petite courbette.

Il nous a proposé d'abord un travail sur le son, car la musique des mots était cruciale dans l'écriture. Il s'agissait de trouver des mots dont les consonances se mélangeaient bien les unes aux autres, autour d'une thématique qu'il nous imposait. Ainsi, open space pouvait se marier aisément avec espèce, peine, spore, aspect, mais également avec cécité, de l'avis de Farid. Ensuite, il ne restait plus qu'à combiner tous ces mots en une phrase signifiante, ce qui générait des idées imprévues qu'on pourrait réutiliser par la suite.

– Henri me peine, a dit Farid, avec son peigne il donne à sa mèche l'aspect d'une espèce de spore un peu spéciale.

Henri a proposé en retour une phrase sur les doigts

calleux de Farid, qui montraient bien qu'il n'en fichait pas une au travail puisqu'il était toujours chez lui à étudier le violon, et Tristan a proposé de passer à l'exercice suivant.

L'exercice suivant, c'était de choisir une situation conflictuelle que nous avions vécue au travail et de la transposer soit à une autre époque, soit dans un monde imaginaire. Nous avions dix minutes pour écrire une saynète. Au moment de partager notre travail, Philippe est revenu, car il souhaitait participer au moins pour partie à l'atelier. Il a glissé à Benjamin qu'il avait reçu des nouvelles inquiétantes du côté du marché du gaz. J'avais écrit une saynète sur mon interview d'Hortense à propos des haïkus, transposée à l'époque des Grecs, même si la qualifier de conflit était exagéré. Henri avait imaginé un duel entre lui et Philippe, Benjamin et Eugène Sauderet, à propos de l'utilisation de drones dans l'open space.

– C'est une situation qui s'est réellement produite ? a demandé Tristan, curieux. Je ne sais pas si c'est un duel quand on se bat à un contre trois.

Il a voulu vérifier sur son téléphone la définition exacte de duel, mais ça ne captait pas à l'intérieur de la salle, donc il est sorti dans le jardin. Henri a continué à nous lire sa scène.

– J'aime bien l'idée du duel au sabre laser, a dit Philippe, c'est original.

Tristan est rentré, il nous a prévenus qu'on allait maintenant passer aux choses sérieuses. Objectif, écrire un scénario de trois pages, enfin ça pouvait être plus ou moins, qui prenne place, si possible, mais pas forcément, dans notre univers professionnel. Il nous a proposé un thème : « Amour et Recyclage ».

– On vérifiera avec la Com', a dit Philippe, mais il n'est pas impossible que le meilleur scénario soit joué pour la fête de fin d'année.

– Vous pouvez vous mettre en équipe, a dit Tristan.

On s'y est mis à trois, avec Henri et Benjamin. On a imaginé une histoire de Comex de la Terre sous l'égide de Dieu, c'était un peu abstrait mais on a bien rigolé. Selon Benjamin, notre texte avait l'avantage de ne critiquer presque personne, et ça c'était bon pour l'inclusion. C'est vrai que, dans sa scène, Farid avait raconté l'histoire d'un homme qui venait en réunion avec sa guitare pour chanter des chansons de Julien Clerc et Henri s'était senti visé. Avant qu'Henri ne puisse répondre, Tristan nous a tous félicités. Tous les autres avaient écrit leur scénario en solitaire. Nous avons procédé au vote. Chacun a voté pour son propre scénario, sauf Philippe, qui était ressorti pour passer un appel. Comme on était trois à l'avoir écrit, notre scénario a obtenu trois votes, c'était donc le meilleur et il a été retenu pour la soirée d'entreprise.

Maintenant que la surprise était terminée, on pouvait passer aux choses vraiment sérieuses, a dit Philippe, qui était de retour. D'abord l'apéro, puis le dîner, et entre les deux il y avait des Mölkky et du poker pour ceux qui avaient envie. Tristan était le bienvenu s'il voulait rester.

– Je rechanterai quelques chansons si vous le désirez, a ajouté Henri.

Je suis partie me reposer dans ma chambre. J'avais

emporté *Zarathoustra* et je me suis endormie dessus pendant près d'une heure. C'est bien dommage que Franck n'ait pas pu nous accompagner.

À 19 heures, j'ai rejoint la fête devant la fontaine. L'apéritif nous attendait sur des tables à tréteaux. Farid et Henri jouaient au Mölkky avec Philippe et Benjamin. Linda et Coline sont revenues de la salle détente les bras chargés de chips. Le murmure de la fontaine se mélangeait aux discussions, le soleil tombait doucement. J'ai pris un jus d'orange et je me suis assise sur un banc pour regarder le Mölkky. J'ai imaginé que tous ces collègues soient des amis, ou de la famille. On n'aurait pas été si mal. Mais savoir que nous nous retrouverions tous ensemble à commenter les cours du pétrole dans des salles de réunion aseptisées, c'était étrange. Ça m'a donné envie de pleurer.

Tristan s'est assis à côté de moi. Il m'a raconté comment il était devenu écrivain. Il avait commencé par livrer des pizzas, puis il avait joué de la musique dans la rue, du violoncelle, il avait appris quand il était enfant. Un jour quelqu'un l'avait repéré, car il avait une bonne tête, et il s'était retrouvé à faire de la télé, il avait même été présentateur. D'abord sur des petites émissions, puis sur Paris Première, et il était devenu la coqueluche du public. À quarante ans, il en avait eu marre. C'était superficiel, c'était vain. Il avait toujours écrit un peu, à côté, mais jamais rien de bien, rien de digne. Et là, vers quarante-deux, quarante-trois ans, après deux années difficiles, il avait achevé un premier roman qui avait été publié, mieux, qui avait été apprécié, reconnu. Il en avait encore les larmes aux yeux. Ce moment où on se dit qu'on écrit ni pour rien ni pour personne, mais pour être lu. Il m'a montré la photo de la couverture de son premier livre. *L'Étoile du temps*, ça s'appelait. La couverture était belle, bleu et vert avec une photo de moto dessus. C'était il y a vingt ans, et depuis, il avait écrit des dizaines de livres.

Je lui ai raconté que j'aurais bien voulu être écrivain aussi, mais qu'il n'était pas tous les jours possible d'écrire des haïkus dans le cadre d'un travail d'ingénieur. Et puis, notre brouhaha technique me coupait de mes ressentis profonds. Cela me rendait souvent incapable d'écrire la moindre ligne un peu substantielle, lui ai-je expliqué en pensant à mon quotidien qui filait sans que j'engrange aucune connaissance fiable sur la vérité du monde.

– Écris à partir des situations que tu vis, m'a conseillé Tristan. Il n'y a que ça de vrai. Regarde, moi, *L'Étoile du temps*, je l'ai écrit toutes ces années où je livrais des pizzas. L'Étoile, c'est le nom qu'on donnait à l'entrepôt dont on partait pour aller chercher les pizzas. Et le temps, c'est ce qui nous manquait sans cesse, il fallait toujours courir. Ça m'a donné « L'Étoile du temps ».

La logique du choix du titre était infaillible, pourtant quelque chose me déroutait, ai-je répondu. Il y avait quelque chose qui sonnait éternel et universel, dans l'Étoile du temps. Ça ne m'évoquait pas un ballet de livreurs de pizzas pressés par le temps entre un entrepôt et des clients furieux.

– C'est justement ça dont je suis fier. J'ai pris ce que j'avais : de l'ordinaire, du quotidien. Et j'en ai fait l'éternité.

J'ai regardé Tristan. Il avait l'air vivant, très vivant. J'ai imaginé des néons dans la nuit, la fatigue, la pluie, la course incessante. Il avait sans doute raison.

– Le problème, c'est qu'il y a quotidien et quotidien. Moi je n'ai rien à raconter. Il ne se passe rien de croustillant dans ce que je vis. On travaille, on essaie de se débrouiller. Les journées passent, plus ordonnées que des tableaux Excel. Bien sûr, il y a Philippe, mais j'y crois de moins en moins, qu'il est un agent secret.

– Un agent secret ? m'a demandé Tristan.

– Il y a quelques pistes, j'ai dit. Sa balafre, d'abord. Les histoires qu'il commence à raconter avant de se taire brusquement, comme s'il allait trop en dire. Et puis, lorsqu'on entend parler de frappes de drones sur des pipelines ou des tankers, il lui arrive de disparaître quelques jours.

– Je vois, a répondu Tristan. Ce qui est dur, c'est qu'en littérature il est très difficile de mentir. Le lecteur voit le rouge qui monte aux joues des lignes. Si tu n'es pas convaincue, ton lecteur n'y croira jamais.

– Je suis à moitié convaincue, j'ai dit. Il faudrait que je mène l'enquête un peu plus.

Tristan m'a rassurée :

– Tu n'as pas forcément besoin d'un agent secret dans ton livre. Ça pourrait être un criminel, ou juste un homme trahi. Ou un homme infidèle. Ou une femme amoureuse. Il faut que tu puisses résumer ton idée en quelques lignes.

Qu'est-ce que tu voudrais dire à quelqu'un qui te lirait aujourd'hui ?

– Je voudrais lui dire qu'il n'est pas le seul à s'ennuyer dans ce monde, ai-je répondu.

– Eh bien voilà, m'a félicitée Tristan. Tu as lu *L'Ennui*, de Moravia ? Lis-le ! Justement la semaine prochaine je viens à Paris pour animer un atelier de lecture sur deux livres, *L'Ennui* de Moravia et *Plateforme* de Houellebecq. Il faudra absolument que tu viennes.

– Avec plaisir.

Le Mölkky était terminé. Benjamin avait gagné, il était dans l'équipe de Philippe. Je l'ai écouté raconter ses meilleurs coups de Mölkky. Farid et Henri me lançaient des coups d'œil avertis, j'étais presque sûre qu'ils avaient fait exprès de le laisser gagner pour qu'il soit content. Tout à coup j'ai ressenti beaucoup de tendresse pour Vega Énergie, c'était absurde mais c'était là. Nous nous sommes installés à table, le repas était délicieux. Un peu plus tard, le patron du gîte a branché les enceintes et mis de la musique. Tout le monde dansait, il faisait chaud et moite dans la crypte. Les corps se frôlaient plus que de coutume, mais les visages, au-dessus des corps, avaient toujours l'air d'être en réunion.

Épisode 14

Réunion au sommet

Auteurs : Henri, Benjamin, Lucie

Dieu est assis à son bureau, il manipule nerveusement ses smartphones au gré des alertes qu'il reçoit, il y en a une dizaine sur la table.

Devant lui, deux conseillers debout devant un écran sur lequel est projetée une présentation PowerPoint – elle a pour titre « Conseil d'administration Terre des hommes ». Les conseillers sont nerveux et précautionneux.

Conseiller 1

Les indicateurs de satisfaction client sont en baisse. De nombreux résidents ont remarqué la hausse de température. Saint Pierre croule sous les réclamations. Contractuellement on est pieds et poings liés. Si la tête de galaxie s'en rend compte, ça va chauffer encore plus.

Dieu

J'imagine que vous avez modifié notre clause standard sur la température dans les contrats futurs ?

Conseiller 1

Oui, mais méfions-nous. Si on n'est plus capables de nous engager sur un climat tempéré au Paradis, ça risque de nous rendre moins attractifs. Du reste, ça ne résout pas la situation actuelle. Le montant de l'amende qu'on encourt pour le non-respect du critère 19 °C, rien que pour les âmes au Paradis, est déjà de nature à nous endetter pour mille ans.

Et c'est sans compter l'autre non-conformité majeure, la surdensité une fois rentré dans le Paradis : ça, on n'a pas encore chiffré les pénalités, mais ça grogne. Ils se plaignent de se marcher les uns sur les autres. Et pourtant on choisit déjà ceux qui sont capables d'un certain degré de vivre ensemble.

Conseiller 2

Si on continue avec le même rythme d'incinération côté Enfer, ça ne va pas s'arranger pour la température du Paradis. Les trajectoires sont formelles, les fumées sont telles qu'on file droit vers +5°C à horizon 2100. Le pire, c'est les vapeurs toxiques. À cause de tout le plastique qu'ils ingèrent sur Terre ! Et ça aussi, au Paradis, ils commencent à s'en plaindre.

Dieu
C'est dingue ça, vous ne pouvez pas m'installer des filtres sur les cheminées pour limiter la casse ?

Conseiller 1
On a mis l'équipe technique sur le coup et optimisé tout ce qu'on pouvait. On a gagné quelques centièmes de degré, ça n'a presque servi à rien. Que voulez-vous, quand on brûle, ça fait de la fumée, c'est comme ça ! Non, c'est vraiment le volume des âmes à l'entrée qui pose problème, tant côté Paradis qu'Enfer.

Dieu (grommelant)
Et qu'est-ce que je fais, moi ?

Conseiller 2 (hésitant, à mi-voix)
Il y aurait ce partenariat dont on a déjà parlé, bien sûr.

Dieu (frappant du poing sur la table)
Ah ça suffit, vous n'allez pas me remettre vos Indiens sur le tapis !

Conseiller 1
C'est qu'il y a vraiment urgence…

Dieu
C'est vraiment contraire à tous mes principes !

Conseiller 2

Même une mise en place temporaire ? Le temps de mettre en œuvre la régulation sur Terre ? Ça ne vous engage à rien : si on ne garde pas leur solution, ils démantèlent le dispositif et nous remboursent tout.

Dieu (soupirant, vraiment à contrecœur, mais voyant tous les indicateurs rouges que lui montrent ses conseillers)

Comment ça se présenterait ?

Conseiller 1 (exhibant un schéma)

Leur système de tri en sortie de Terre peut se plugger sur notre système de tri déjà existant. Simplement on rehausse encore les critères d'acceptabilité pour le Paradis – en résumé, on garde les clients premium plus plus, soit environ 10 % du volume habituel. Tous les autres, ajoutés à tous ceux qui partaient côté Enfer, sont envoyés dans l'usine de recyclage, qu'ils fournissent clés en main. Là-bas ils reconditionnent en quelques minutes, c'est un reboot complet, avec simple contrôle visuel en sortie – en d'autres termes, s'il reste des bribes de souvenirs au niveau inconscient, ça ne pose pas de problème, car ils ont eu comme retour d'expérience qu'à l'usage, tout ça se noie dans les bruits de fond. Ensuite, le flux des âmes recyclées est redirigé sur la rampe de lancement qu'on a déjà en sortie de notre usine de production d'âmes. On peut garder la même équipe de dispatcheurs, c'est tout simple. Ceux qui dirigent l'âme vers les corps nés sur Terre en sortie de vagin font exactement les mêmes gestes, simplement ils prennent le matériau recyclé. Et ça divise par dix le volume des âmes qui reste à prendre en charge entre l'incinérateur et le Paradis.

Dieu

De quoi je vais avoir l'air moi, si je retourne ma veste comme ça ! Notre marque de fabrique c'était « Vie nouvelle, bonne nouvelle ! ». Qu'est-ce qu'on va marquer sur les flyers maintenant ? « La Recyclerie » ? C'est ridicule, ça ne sonne pas du tout !

Conseiller 1

On pourrait leur faire signer une clause de confidentialité.

Conseiller 2

Personne ne le saurait, qu'on s'est mis à recycler les âmes !

Dieu

Vous pensez que personne ne s'en rendrait compte ? Je veux pas avoir l'office des fraudes aux fesses moi.

Conseiller 2

Ne vous inquiétez pas. On sera discrets.

Dieu

Bon… (avec un geste las). Soit. Je compte sur vous. Je ne suis pas né de la dernière pluie, il suffit parfois d'un rien pour perdre la confiance des fidèles… Et pour le cas où ça fuiterait, regardez aussi si on peut lancer une campagne d'influence pour rapprocher dans l'imaginaire des gens les termes « recycler » et « ressusciter ». Pour les catholiques, voyez ça avec le pape, je pense à une encyclique par exemple.

Conseiller 1 (empressé)
Je note !

Dieu
Et vous pensez à prévenir Satan, il est toujours un peu grognon quand on touche à son incinérateur, mais ça lui rappellera qui est le patron ici. Allez zou, next step ! (Regardant son papier) Quelle est la suite de l'ordre du jour ? Ah oui, on passe justement à la régulation sur Terre.

Une nouvelle slide s'affiche sur laquelle on voit différentes propositions de virus et de cataclysmes.

Épisode 15

L'atelier de lecture

Au retour du séminaire, les marchés se sont calmés comme par magie. Les prévisions météo étaient formelles : les prochaines semaines seraient ensoleillées, les températures douces et stables. Les marchés de l'énergie en déduisaient que les consommations de gaz et d'électricité seraient modérées. Accalmie méritée. Les acteurs de marché arrêtaient de se battre pour acheter des électrons et du gaz supplémentaires. Tout le monde soufflait.

Pour l'atelier de lecture, j'avais rendez-vous au café La Source à 20 heures, le mercredi 9 décembre. Le café se trouvait juste à la sortie du métro La Tour-Maubourg, en face d'une fontaine sans eau, bordée de quelques bancs déserts à peine éclairés par les lampadaires du boulevard. Cette petite place discrète aurait été idéale pour accueillir les œuvres urbaines de Franck. Tristan m'avait informée la veille qu'il ne pourrait pas être présent. Mais que je ne m'inquiète pas, Sabrina assurerait l'atelier, je pouvais avoir toute confiance.

Je m'y suis rendue directement après le travail. Une dizaine de personnes étaient attablées au fond de la salle du restaurant. Quand je suis arrivée, le patron leur expliquait qu'ils étaient les bienvenus, comme chaque mois, à condition de consommer toutes les heures.

Une femme vêtue d'un pull-over rose s'est levée et l'a rassuré. Elle m'a fait signe de m'asseoir, j'ai pris place à sa droite. Elle a dit :

– Bonjour, je suis Sabrina, pour ceux qui ne me connaissent pas encore.

Un homme d'une soixantaine d'années en chemise blanche a émis une petite toux, pour montrer qu'il n'était pas concerné. Sabrina a continué :

– Tristan ne sera pas là ce soir, nous allons donc commencer. Je me présente succinctement. Je suis bibliothécaire, j'adore lire, et j'anime cet atelier en binôme avec Tristan depuis trois ans.

L'homme en chemise a ricané que le temps passait vite, en regardant autour de lui avec un sourire en coin. Il s'est repoussé à l'arrière de sa chaise, les mains derrière la tête.

– Enfin bon on n'y peut rien, il m'a glissé en levant les mains au ciel, quand il a vu que je le regardais.

– Je souhaite que cet atelier soit un lieu d'échange satisfaisant, dynamique et respectueux, poursuivait Sabrina. Je vais maintenant laisser la parole à Jacques.

Le patron, qui était resté debout derrière elle, l'a interrompue :

– Je vais prendre les commandes, comme ça ce sera fait !

Un homme a demandé un café, mais la brasserie ne servait plus de boissons chaudes à cette heure-là.

– Donnez-moi la carte alors, il a dit.

Ça a donné l'idée à d'autres de regarder la carte aussi, surtout ceux qui prenaient toujours la même chose et qui avaient soudain envie de changer. Mais il n'y avait pas assez de cartes pour tout le monde, donc le patron est parti en chercher. Une femme assise à l'autre extrémité du groupe a dit que ce n'était pas légal de refuser de servir des boissons chaudes, quelle que soit l'heure. Sa voisine n'était pas d'accord, une discussion a commencé de leur côté.

Le patron est revenu avec les cartes, il les a tendues à la cantonade mais personne n'en avait plus besoin.

– C'est bon moi j'ai choisi ! s'est exclamé un petit homme chauve vêtu d'un pull à carreaux rouges et noirs.

Le patron lui a demandé :

– Ce sera quoi alors ?

– Les dames d'abord, a dit le petit chauve, et le patron s'est tourné vers Sabrina, qui ne l'a pas vu car elle discutait avec l'homme en chemise.

Le patron a avisé une femme d'une quarantaine d'années en veste de cuir.

– Pour vous, madame ? il a dit en haussant la voix.

La dame a commandé une pinte de Leffe puis elle a soufflé à la femme à sa droite qu'on ne l'appelait pas madame habituellement. La femme à sa droite lui a répondu qu'elle faisait toute jeune en effet, elle lui a retourné le compliment, plus personne ne prêtait attention au patron.

– Vos commandes ! Je vais prendre vos commandes ! il a fini par crier.

Sabrina s'est tournée vers lui, doucement « Pour moi, ce sera un gin tonic ». J'ai pris une limonade, puis tout le monde a commandé chacun à son tour, jusqu'au chauve qui a dit comme ça :

– Ah on fait pas les femmes d'abord alors ! Eh bien d'accord on y va, eh bien on y va !

Là-dessus il a pris la carte en disant qu'avec tout ça il avait oublié ce qu'il voulait, il a mis quelques minutes à choisir, le patron a dit qu'il allait donc d'abord prendre la commande de sa voisine.

– Pour vous, madame ?

Au même moment, le chauve a demandé un verre de brouilly, mais le patron n'a pas compris puisqu'il s'était adressé à la dame.

– Ah finalement les dames d'abord, s'est interrompu le chauve. C'est ce que je vous disais de faire.

Enfin tout le monde a donné sa commande, et Sabrina a réclamé le silence.

– Je disais donc, elle a repris, que Jacques allait vous présenter *Plateforme*, puis Marie présentera *L'Ennui*.

Jacques, l'homme en chemise, a raconté *Plateforme* en quelques mots.

À son tour, Marie – c'était la quadragénaire en cuir noir – nous a donné quelques informations sur la vie de

Moravia ; elle préférait ne pas centrer sa présentation sur *L'Ennui* car elle n'avait pas terminé de le lire.

Sabrina les a remerciés tous les deux.

– Mon équipe de choc, elle a dit. Place au partage et au débat.

Le chauve en pull rouge et noir a levé la main. Il a dit qu'il aurait bien aimé faire remarquer, quand même, qu'il ne comprenait pas ce qu'on trouvait à Houellebecq, car c'était toujours pareil, du sexe, de l'islam, et c'était mal écrit, il n'avait aucun style. Tout le monde s'est mis à parler en même temps, la plupart des participants étaient d'accord mais ils essayaient tous de le dire en premier. Marie a défendu Houellebecq, qui avait commencé par écrire des poèmes, donc c'est bien qu'il savait écrire, et pour le démontrer elle a lu, en criant presque, une phrase prise au hasard :

– « Je me réveillai avec un mal de crâne atroce, et je vomis longuement dans la cuvette des W-C. »

Juste à ma droite, Émilie, qui était ingénieure, a dit que *L'Ennui* ça l'avait ennuyée, et comme il y avait une accalmie dans la conversation commune, elle a repris un peu plus fort, que *L'Ennui* ça l'avait ennuyée, et qu'on aurait dit que c'était fait pour d'ailleurs, il n'y avait qu'à voir le titre. Un retardataire est arrivé et s'est installé juste derrière Émilie, en tirant une chaise depuis une autre table. Là-dessus le patron du restaurant a surgi et nous a dit qu'on ne pouvait pas prendre une chaise de plus, car on occupait déjà la moitié des chaises alors qu'on avait peu consommé, en plus ça le gênait pour passer. Le retardataire à qui

Sabrina faisait les gros yeux s'est levé et a soufflé très fort, mais Stacy, au fond, a enlevé ses affaires de la chaise à côté d'elle, Stacy c'était celle qui était américaine et venait pour découvrir la culture française.

– Je prends les choses au vol, a dit le retardataire en s'installant, mais ce qui est amusant à souligner, c'est que le personnage principal de *L'Ennui* est un peintre. Et ça c'est digne d'intérêt qu'il y ait comme ça un lien entre écriture et peinture, car c'est un lien fréquent.

Comme il parlait très fort, tout le monde s'est mis à l'écouter.

– Tenez à titre d'exemple, moi je peins, je peins et j'écris également. Sabrina d'ailleurs, on avait évoqué la possibilité d'étudier un de mes manuscrits la prochaine fois, tu penses que ce serait bon ?

Avant que Sabrina puisse répondre, Émilie a dit à Sabrina qu'elle aussi, Sabrina, avait un manuscrit à soumettre.

– Mais c'est de la fantasy et j'attends d'abord le retour des éditeurs, nous a-t-elle expliqué.

– Parce qu'on est tous là à lire, a continué le retardataire, mais c'est pas ça l'important. Vous savez ce qu'a dit Nietzsche ? Il est devenu philosophe le jour où il a arrêté de lire.

Un signe de Nietzsche ! Ça alors, je n'étais pas venue pour rien.

– Merci Romain, a répondu Sabrina. C'est bien mais on va d'abord se concentrer sur les livres de cette fois-ci, et j'en profite pour vous dire qu'il y a l'atelier La Plume parigote si vous souhaitez confronter vos propres textes.

– Dis donc, tu as vu l'heure ? a dit Jacques.

Il était déjà 22 heures et l'atelier touchait à sa fin.

– On va voter pour le prochain livre maintenant, a dit Sabrina, qu'est-ce que vous voudriez lire ?

Je suis repartie juste avant le vote. À la réflexion, je n'étais pas sûre d'avoir le temps de continuer ce club de lecture. La lecture, c'était une chose, oui. Mais Nietzsche avait vu juste. Ce que je voulais vraiment, c'était écrire. Depuis que Tristan m'avait confié qu'on pouvait écrire à partir de tout, même sans une vie sensationnelle, je caressais l'espoir de mener à bien un projet d'écriture réaliste. « Une vie de labeur », ça s'appellerait. Ou peut-être, « La Poésie des marchés ». Je comptais bien y glisser quelques haïkus.

Comme je ne sais rien faire sans m'en vanter immédiatement à tous ceux qui m'entourent, je n'ai pu m'empêcher de raconter mon projet à l'équipe dès mon arrivée le lendemain matin.

– Est-ce que tu parleras de nous ? a demandé Hortense.

– Sans doute un peu, mais je changerai vos prénoms.

Farid était soucieux :

– J'aime ton idée, Lucie. Mais on a déjà tellement de projets. Tu te souviens qu'il y a Robbie ?

J'ai juré que je restais sur le coup.

– Qui est Robbie ? a demandé Hortense.

– C'est une expérimentation, je ne peux pas t'en dire plus.

– Est-ce qu'on pourra collaborer au livre ? a demandé Henri.

– On verra !

Ils étaient tous encourageants. Farid nous a montré une tribune qu'il venait de lire dans *Le Monde* à propos du niveau littéraire des ingénieurs qui chutait. L'article démontrait que non seulement les ingénieurs d'aujourd'hui ne savaient plus compter, leur formation étant tout entière orientée sur la manipulation de logiciels et de calculatrices, mais que, plus grave encore, ils n'étaient plus capables d'aligner deux mots. Pire que tout, ils n'avaient pas d'âme, car il fallait être sacrément obtus pour croire au progrès technique aujourd'hui. Enfin, les ingénieurs n'avaient pas de goût et aucune culture, aucun sens esthétique, emprisonnés qu'ils étaient dans une vision fonctionnelle et utilitariste. Ce phénomène concernait tous les ingénieurs de moins de trente-cinq ans, précisait l'auteur. Cerise sur le gâteau, comme tout le monde s'en rendait compte, plus personne ne voulait devenir ingénieur. Les rares qui choisissaient encore cette voie étaient de véritables caricatures. « Inquiétantes perspectives pour une société en mal d'avenir », concluait l'article.

– C'est injuste, s'est indigné Henri. On n'est pas des bœufs !

Benjamin nous a tous rassurés. Cet article abordait certainement le problème des ingénieurs d'écoles à faible classement. On ne pouvait pas en dire autant des élites. Lui en tout cas n'était pas concerné.

– Je ne dis pas ça contre vous, il a ajouté, quand il a vu nos regards interloqués. Il y a des exceptions.

– Regardez, Lucie écrit un livre ! a dit Farid pour changer de sujet. C'est bien la preuve qu'on est encore capables d'écrire.

– Je n'ai pas encore écrit grand-chose, j'ai tenu à préciser. Mais c'est vrai que l'article est décourageant. Nous aussi, nous sommes des poètes.

– Moi j'ai une âme, en tout cas, a dit Hortense. C'est encore un article de gauchiste décroissant.

– Et puis je joue du violon, a dit Farid. Je progresse sérieusement sur la *Chaconne*.

– On est tous un peu artistes dans le fond !

– Parle pour toi ! Je ne suis pas artiste, moi, a dit Hortense, l'air dégoûté. J'aime les choses carrées.

Farid a froncé les sourcils en agitant ses doigts devant nous pour nous montrer ses cals. Henri avait lui-même lu un livre l'année dernière et deux l'année précédente. En aucun cas, il ne pouvait laisser dire qu'on était des illettrés.

– On va faire une action coup de poing, il a proposé. Pour leur montrer qu'on est pas des bœufs. On va leur montrer la POÉSIE des ingénieurs et leur ÉLOQUENCE.

– C'est sûr ! On n'est pas des bœufs ! Ça sonne bien comme slogan, a dit Farid.

Benjamin a fait remarquer qu'un ingénieur n'avait pas à être poète pour se sentir accompli. Cet article appelait aussi et surtout à démontrer que nous savions compter, réfléchir, innover.

– Peut-être, ai-je répondu. Mais pour ma part je ne me sens pas utilitariste, je me sens plutôt nietzschéenne.

– Tout le monde ne se retrouve pas dans tes concepts fumeux, a objecté Benjamin avec bienveillance.

Il est parti, sa bouteille d'eau à la main, pour préparer la salle de réunion.

– Viens à la conférence sur Nietzsche ! C'est loin d'être fumeux ! ai-je crié tandis qu'il disparaissait au bout du couloir.

L'après-midi s'est écoulé sans que je puisse y caser la moindre pause méditation auprès de Robert. En repartant le soir, je suis descendue à la salle pour raconter mon projet à Franck.

– C'est une idée !

Franck avait déjà écrit plusieurs livres, sous différents pseudonymes.

– Je te donnerai quelques tuyaux.

J'utiliserais des copies de mes œuvres d'art pour illustrer le livre. Seulement, il allait me falloir de la rigueur. Tous les jours écrire au moins une heure.

– Au minimum ! a dit Franck.

Franck n'avait pas perdu son temps pendant que nous étions au séminaire. Il avait repeint toute la salle en rose pâle. Sa barbe poussait de plus en plus, elle lui tombait au milieu du torse en une longue tresse tachetée de peinture rose.

– Si tu me parlais de toi, Franck ? Ça me permettrait peut-être d'écrire autre chose que des âneries sur les marchés de l'énergie.

– Je ne suis qu'un passeur, moi.

Manque de pot, j'étais enivrée de curiosité. Cette idée d'écrire un livre me donnait l'audace de poser des questions imprudentes :

– Franck, excuse-moi, mais je me demande comment tu fais. Regarde, la peinture, par exemple, comment tu l'as payée ? Tu gagnes de l'argent ? Comment ? Que manges-tu quand tu ne vas pas aux cocktails de l'entreprise ? Et quand tu ne dors pas ici, où vas-tu ? Qu'est-ce que tu serais en train de faire si tu n'étais pas venu habiter ici ?

Franck s'est levé. Malgré sa robe de chambre rouge, il était sacrément impressionnant quand il arrêtait de sourire.

– Garde ton intelligence pour les vraies questions. Je ne le dirai pas deux fois.

J'ai senti qu'il ne fallait pas insister. N'empêche, il y avait de la graine à prendre. Si j'arrivais à répondre ainsi, je résoudrais de nombreux problèmes de surcharge de travail.

– Benjamin, garde ton intelligence pour les vraies questions. Je ne le dirai pas deux fois, ai-je répété tout haut.

Franck s'est rassis sur les coussins. Il a jeté un regard entendu à Robert.

– Tiens, j'ai dit. C'est la dernière version du texte qu'on a préparé pour demain avec Linda.

Il l'a saisie sans entrain.

– Il est possible que je m'en écarte un peu.

– Le moins possible cela m'arrangerait, j'ai précisé. Car c'est une sorte de dialogue, et je ne suis pas une experte, et Linda non plus. Tu sais, Franck, si cette conférence sur Nietzsche est un succès, on pourra en faire d'autres, qui seront rémunérées.

– Ne t'inquiète pas ! Si tu ne sais pas comment rebondir, invente un aphorisme. Prends l'air convaincu. C'est ce qui est magique avec la philosophie : presque tout est signifiant et permet de discuter.

– Ce que Linda veut, c'est que les gens comprennent Nietzsche mais aussi que la conférence démontre que les femmes ont une place sur scène et en responsabilité.

– C'est certain ! Ne t'inquiète pas, tout ira très bien.

Épisode 16

Nietzsche, l'écologie au sommet

À l'accueil, j'ai vérifié qu'ils avaient bien la liste des visiteurs. Pour l'occasion, j'avais invité François du Pitch Project, Madeleine et Tristan. Tristan m'avait prévenue la veille au soir qu'il ne pourrait pas être présent, mais qu'il me souhaitait tout le bonheur du monde. François serait là, et Madeleine essaierait de passer si elle en avait le courage, au moins pour voir Robert ; l'hiver était la saison des grippes pour les sauriens aussi, et en ce moment elle croulait sous le travail.

Rassurée, j'ai franchi les portillons en saluant Hervé. Il m'a complimentée sur ma combinaison rouge. Linda et Franck m'attendaient devant la salle. Ils étaient tous les deux magnifiques ! Franck avait mis une moustache postiche et il portait un binocle. Il avait troqué sa robe de chambre contre un costume vert pomme, et il avait fière allure. « Ce sera pour la démonstration », a-t-il dit. Linda avait relevé ses cheveux d'une pince en perles et revêtu un tailleur beige avec des escarpins assortis.

Tandis qu'on entrait dans la salle de conférence, Linda

m'a demandé ce qu'il entendait par démonstration. Je n'en avais aucune idée. Franck avait apporté des muffins aux myrtilles.

– Ce qui compte, c'est le lâcher-prise. Nietzsche se ressent dans le corps. C'est ça que le public doit comprendre, a-t-il expliqué en brandissant un muffin.

Linda a fait une drôle de tête.

– Ce que le public doit comprendre, Franck, c'est surtout tout ce qu'on a prévu de dire : que Nietzsche est un écolo et qu'il nous invite à penser nos relations en entreprise avec audace et sans ressentiment.

Franck m'a lancé le muffin, que j'ai rattrapé d'une main.

– Si vous avez des réflexes, vous ne serez jamais perdus.

J'ai ressenti un léger doute devant l'agitation de Franck. Pour le peu que j'en avais vu jusqu'alors, il était aussi imprévisible et turbulent que les marchés. Je reconnais que c'est une des choses qui m'enchantaient chez lui. Mais j'avais toute confiance, quoi qu'il se passe, ce serait passionnant.

Linda est courageuse, ai-je pensé en la regardant déambuler sur la scène et répéter son introduction. J'admirais l'obstination avec laquelle elle persistait à vouloir éveiller nos esprits endormis aux enjeux majeurs de notre société, même si je n'étais pas d'accord avec elle sur tout. Oui, grâce à Linda, nous allions semer dans les cœurs souffrants des salariés quelques germes de connaissance, qui viendraient fertiliser les champs arides de leurs profondeurs minérales. Voir la lumière apparaître soudain dans les yeux de Farid, d'Henri, dans ceux de Benjamin, d'Hortense et de tous les autres. Et moi aussi, j'étais là, avec elle, déterminée à rendre un peu ce que j'avais reçu de Nietzsche, car j'avais lu pas moins de vingt de ses aphorismes. Oui, grâce à Linda, peut-être que c'était à mon tour de me hisser avec elle sur le devant de la scène, le moment de quitter la pierre au soleil sur laquelle je paressais avec délice, et j'allais sans doute…

– Lucie ! Linda m'appelait. Nous allons ouvrir les portes, il commence à y avoir du monde. Passe aux toilettes, tu as de la myrtille sur les dents.

J'ai filé par-derrière pour rejoindre les toilettes du rez-de chaussée. À mon retour, la salle était pleine, il y avait bien cinquante personnes, François était devant avec Farid et Henri. Linda et Franck s'étaient repliés derrière le rideau qui tenait lieu de coulisse. Je m'y suis faufilée.

– Lucie, m'a chuchoté Franck, Farid a parié que je n'arriverais pas à caser dix aphorismes dans la conférence, tu tiens le pari ?

Je n'étais pas certaine que ce soit une bonne nouvelle pour notre démonstration sur l'écologie. Occupée à parcourir ses notes, le front plissé, Linda ne l'a pas entendu. Elle a dit « Ready go ! » et elle s'est avancée sur la scène.

– Bonjour à tous, et merci d'être venus pour cette première conférence philosophique « Nietzsche, l'écologie au sommet ».

Elle a présenté d'abord Franck, puis moi. Nous nous

sommes assis sur les trois fauteuils qui nous attendaient. J'ai dit comme convenu :

– Bonjour à toutes et à tous. Le dernier rapport du GIEC est formel, il faut des solutions rapides si nous voulons éviter d'avoir les pieds dans l'eau dans dix ans, puis de mourir collectivement dans divers famines, inondations, guerres et cataclysmes. Des solutions techniques, mais pas seulement. Il nous faut renverser le courant des idées qui nous emmène dans cette direction. Franck, peut-on imaginer ce que penserait Nietzsche, s'il était là aujourd'hui ?

Franck a rappelé que Nietzsche, déjà à son époque, avait eu une vision écologique et que ça nous invitait à penser la vie autrement.

Jusqu'ici tout se passait bien, Linda avait l'air contente :

– Comment exactement ? Comment devenir des surhommes sans saccager la Terre ? Est-ce à dire que Nietzsche serait un défenseur de la croissance verte aujourd'hui ?

– Commençons par définir la croissance, ai-je suggéré comme prévu.

Franck s'est levé. Il a attrapé un des muffins et l'a jeté à Farid, qui a réussi à l'attraper au vol.

– Je vous le dis, il faut porter en soi encore un chaos, pour pouvoir mettre au monde une étoile dansante. Je vous le dis, vous portez en vous le chaos.

Linda a regardé sa feuille, perplexe. C'était à elle de parler, mais Franck semblait s'écarter du texte.

– La croissance est-elle synonyme de chaos pour Nietzsche ? j'ai demandé, pour aider un peu.

Franck a demandé à Farid, qui avait commencé le muffin :

– Est-ce qu'il est bon ce muffin aux myrtilles ?

– Plutôt, mais je préfère ceux au chocolat, il a répondu.

Franck a fait un petit pas de danse vers Farid.

– Là où le goût te pousse, la vie sera.

En s'approchant de Farid et François, il a ajouté :

– Ce qui doit tomber, il ne faut pas le retenir. Il faut encore le pousser.

François, qui se balançait sur son siège, a prudemment remis ses deux pieds par terre. Franck est revenu sur l'estrade.

– Oui, Lucie, la croissance et le chaos ont quelque chose à voir. La Terre a une peau et cette peau, des maladies ; une de ces maladies s'appelle l'homme.

Linda a sauté sur l'occasion, en consultant sa deuxième feuille :

– L'homme, par opposition à la femme, sans doute ? Est-ce à dire que Nietzsche est féministe ? Comment nous inviterait-il à penser la place de la femme en entreprise aujourd'hui ?

Franck a regardé Linda et lui a dit, l'air désolé :

– Veux-tu avoir la vie facile ? Reste toujours près du troupeau, et oublie-toi en lui.

– Est-ce à dire que Nietzsche conseillerait des mesures fortes au niveau politique pour sauver le climat car l'action personnelle ne suffit pas ? a demandé Linda d'une voix assurée.

Elle essayait maintenant d'utiliser la fiche « Questions bonus » que nous avions préparée ensemble.

– Tu dois devenir l'homme que tu es. Fais ce que toi seul peux faire. Deviens sans cesse celui que tu es, sois le maître et le sculpteur de toi-même.

– Nietzsche prônerait plutôt l'action individuelle pour sortir de cette crise ?

– L'homme qui ne trouve pas les chemins de son propre idéal vit d'une vie plus frivole et plus impudente que l'homme sans idéal, a répondu Franck. Mais la philosophie nous aide à rester sur le qui-vive, sans cesse. Elle nous empêche de nous enfermer dans des schémas de pensée biaisés.

Linda m'a regardée. Moi non plus je ne m'y retrouvais plus dans le dialogue que nous avions prévu. Pourtant la sérénité qui émanait de Franck était contagieuse. Je me suis souvenue d'un aphorisme lu le matin dans le métro.

– Ce n'est pas le doute mais la certitude qui rend fou, j'ai dit.

Franck m'a souri pour m'encourager. J'ai continué :

– Dans cette salle, qui a la certitude que notre société va s'effondrer ?

Une dizaine de personnes, dont Farid et François, ont levé la main.

– Environ vingt pour cent d'entre vous, j'ai calculé.

– Ce n'est pas assez, et à la fois c'est trop, a dit Franck. Mais l'artiste a le pouvoir de réveiller la force d'agir qui sommeille dans d'autres âmes.

Il s'est levé à nouveau, et d'un geste, il a arraché sa

moustache et s'est juché sur la petite table devant les trois fauteuils.

– Qu'y aurait-il donc à créer s'il y avait des dieux ? a demandé Franck en se tournant vers moi.

– Rien ! j'ai dit. Mais nous qui ne sommes que des hommes, nous avons toute liberté de création.

– Des hommes et des femmes, a précisé Linda.

– C'est là que le bât blesse, a dit Franck. Car pour beaucoup aujourd'hui, il a continué, le regard menaçant, les créations de l'homme passent par des innovations carbonées. SOMBRE ERREUR ! Il a tendu un doigt accusateur vers le public. Idolâtres de la technologie !

– Certains d'entre nous sont décroissants, Franck, j'ai dit pour le rassurer. Franck, est-ce qu'être décroissant, selon Nietzsche, ce serait manquer de volonté de puissance ? Est-ce que nous n'allons pas devenir impuissants, faibles, fragiles, si nous arrêtons de miser sur le progrès technologique ?

– Peut-être, a dit Linda, que nous pourrions demander son avis à notre auditoire, pour rendre tout ceci un peu plus participatif. Alors, qu'en pensez-vous ?

Philippe a levé la main.

– Tout est une histoire d'équilibre. Il y a des risques à continuer sur la même lancée, et des risques à laisser tomber la recherche sur de nombreux sujets. Il faut, sur chaque thème, quantifier les risques et trouver l'arbitrage convenable. Sur une crête, nous sommes sur une crête.

– Une réponse à cela ? a demandé Linda à la cantonade,

semblant juger que toute intervention était préférable au discours de Franck.

Henri a pris le micro.

– Certains d'entre nous sont parents, ou vont le devenir. Le pays dans lequel nos enfants vont grandir doit être FORT. Si nous ne nous développons pas, nous allons nous faire manger par les CHINOIS. Décroître, c'est oublier que partout autour les gens se développent.

– Les Chinois ! On a oublié les Chinois ! a dit Franck en prenant l'air catastrophé et en se tapant la main sur le front.

– Pour autant, je pense, Franck, que nous devons réduire notre empreinte carbone, de toute évidence, a continué Henri, imperturbable. À nous de trouver les solutions ad hoc. J'ai lu hier, dans un magazine scientifique, que les systèmes de capture de carbone ont fait des progrès SPECTACULAIRES. C'est une des solutions à creuser, et je crois que nous avons bon espoir.

– Merci, a répondu Franck. Merci.

– Est-ce que d'autres veulent prendre la parole ? La philosophie, c'est avant tout un débat, a précisé Linda.

– Je voudrais dire un mot, est intervenue Hortense.

Franck, résigné, lui a apporté le micro.

– C'est à propos de la natalité. Il faut sans aucun doute remettre l'église au milieu du village : envisager de ne pas avoir d'enfants pour sauver le climat, c'est absurde. C'est créer immédiatement la conséquence que nous redoutons, à savoir l'absence de vie. Et qu'on ne s'étonne pas si…

Linda l'a coupée :

– Ouh là là là, qu'il est tard déjà, pardon, pardon, je vous interromps, l'heure tourne. Je pense que nous allons en rester là pour ce café philo sur le thème de l'écologie, je remercie chaleureusement notre intervenant, Franck, et je vous invite à l'applaudir.

Tout le monde a applaudi, nous nous sommes inclinés tous les trois. Franck a lancé le dernier muffin à Henri, et nous avons plié bagage.

Je ne sais comment il parvenait à faire rentrer autant de matériel dans la salle. Des pupitres en métal, des petites tuyauteries, des tissus, des tiges en bois, en acier. Il élaborait des structures sous le regard placide de Robert, que je passais nourrir tous les matins.

Madeleine leur rendait visite le soir de temps en temps. Heureusement que Farid était là pour gérer les accès. Pour ma part, je n'osais plus mettre les pieds au local badges – la responsable menaçait de désactiver tous mes accès si je ne déclarais pas la perte ou le vol de mon précédent badge, que j'avais laissé à Franck. Depuis plusieurs mois, je prétendais qu'il était sans doute chez moi et que je le retrouverais sous peu. C'était ce que j'avais imaginé de mieux pour qu'il reste actif en parallèle de mon badge visiteur.

Cette semaine, à nos analyses de prix s'ajoutait un programme réjouissant : la préparation de la fête de fin d'année. Elle devait se tenir un après-midi en décembre. Il y aurait un discours du PDG, puis plusieurs intervenants de l'entreprise pour illustrer les projets clés de l'année. Pour clôturer le tout, nous jouierions la saynète que nous avions écrite pendant le séminaire.

Nous devions répéter avec Benjamin et Henri tous les midis avec la Com', qui avait invité un coach comédien pour l'occasion.

Le lundi, nous nous sommes retrouvés dans la salle de répétition un peu avant midi. Linda avait imprimé le scénario.

Épisode 17

Des enseignements

Le lendemain, Farid est revenu de la salle de Franck avec un sac contenant une robe de chambre rouge roulée en boule.

– Franck a perdu son pari, il n'a pu placer que sept aphorismes. Il a été fair play de me l'avouer, j'aurais été bien incapable de les compter. Enfin, je vais devoir me replonger dans Nietzsche, je n'en ai reconnu aucun, a soupiré Farid. On n'avait pas précisé la mise, il m'a refourgué une vieille robe de chambre qu'il ne met plus en guise de récompense.

J'ai rouspété pour la forme, même si j'avais beaucoup apprécié la tournure prise par la conférence :

– Votre pari a tout fait capoter. Linda était très déçue.

– Tout n'était pas raté. Moi, ce que j'ai préféré, c'est quand Franck m'a lancé le muffin et que je l'ai attrapé au vol. À cet instant, j'ai compris ce que signifiait la disponibilité immédiate au réel.

Nous avions tout de même eu quelques retours positifs. Quelques collègues du Back Office, que je connaissais mal, avaient trouvé que Franck avait une allure folle.

Linda avait poliment suggéré qu'on s'en tienne là. Franck l'avait bien pris :

– L'entreprise n'est pas mûre pour la philosophie, c'est un fait.

Moi, je ne m'étais pas résolue à ce que nous abandonnions Nietzsche. Il reviendrait, j'en étais sûre, mais nous devions trouver des ponts plus serrés entre sa philosophie et notre travail. Hélas, j'avais peu de temps pour y réfléchir. Les jours s'étaient remis à filer atrocement vite.

Le redoux n'avait été que temporaire, les températures hivernales étaient de retour. En conséquence, la consommation d'électricité augmentait, et les prix avec, tandis que le gaz continuait à grimper. À Marchés, nous étions sans cesse sollicités pour des analyses et des explications sur les prix. Nous buvions beaucoup de café, sans pouvoir discuter.

Depuis plusieurs mois, Benjamin et Philippe nous promettaient que tout irait mieux quand nous aurions fini d'intégrer le nouveau modèle informatique pour nos analyses de prix. Predictor, il s'appelait. On l'attendait avec impatience. Ou plutôt, nous attendions qu'il fonctionne. Car pour l'instant, nous avions passé davantage de temps à lister les incohérences du modèle qu'à l'utiliser.

Henri était responsable des sessions de formation. Il avait travaillé avec Jean, un des ingénieurs de Recherche et Développement qui avaient conçu le modèle. Ce service était hébergé avec d'autres services « moins cruciaux », comme disait Benjamin, aux Loges-en-Josas, dans un

centre à la pelouse verdoyante. Là-bas, depuis la can
y avait vue sur un petit étang, quelques nénuphars
canards. Là-bas, à 17 heures tout le monde était part
tout cas c'est ce que nous avait dit Hortense, dont le
avait travaillé au début de sa carrière. Des navettes co
saient les travailleurs entre le centre et la gare des Lo
dernière décollait à 17 h 30 et elle était souvent vid
bas, à midi, Hortense nous avait raconté qu'ils par
courir dans la forêt environnante, puis ils revenaient e
naient le café au soleil sur la terrasse devant l'é
Ensuite, ils travaillaient quelques heures avant de re
chez eux. J'y étais allée une fois pour une formati
j'avais trouvé que tout était très calme. Un peu trop cal

Et si on se faisait muter là-bas ? nous demandions-
de temps en temps avec Farid, quand la période était
chargée. Mais il fallait savoir coder en un tas de lang
inconnus que ni Farid ni moi n'avions jamais réu
apprendre. En fait, nous aimions surtout savoir qu
endroit existait.

Robert était toujours en bas, avec Franck. Fra
d'ailleurs, continuait d'aller et venir dans nos couloi
nos meetings avec une aisance déroutante. Pour répar
succès relatif de la conférence sur Nietzsche, je lui a
proposé de m'aider à écrire mon livre. J'avoue avoir pe
que s'il était occupé à écrire, il risquait moins de se f
remarquer. Il m'avait répondu ne pas avoir la disponib
d'esprit pour le moment, car il était tout à ses œuvres d'

– Lucie, je propose que tu joues Dieu. C'est bien de mettre une femme sur le devant de la scène, et à un pareil rôle.

– Pourquoi pas !

Ce serait sans doute un costume qui me siérait à ravir. J'imaginais déjà des teintes roses vaporeuses, comme un nuage de tulle autour de moi.

– Benjamin et Henri, vous ferez les conseillers. Allons-y, a dit Linda.

Benjamin a proposé de faire le conseiller numéro 1.

– Pourquoi le numéro 1 ? a demandé Henri.

Benjamin a expliqué que c'était son chiffre préféré, mais qu'il pouvait changer bien sûr si Henri insistait.

Linda nous a proposé de commencer, elle nous guiderait avant l'arrivée du comédien.

Benjamin a pris le script dans sa main, il s'est levé et il a dit :

– « Les indicateurs de satisfaction client sont en baisse. De nombreux résidents… »

Linda l'a interrompu :

– C'est bien, Benjamin, mais essaie d'articuler un peu plus.

Benjamin a repris en articulant :

– « Les indicateurs de satisfaction client sont en baisse. »

– C'est beaucoup mieux, a dit Linda, essaie de t'adresser à Lucie maintenant.

Benjamin a recommencé en me fixant d'un air furibond, comme quand je n'ai pas fini mes analyses de prix à temps :

– « Les indicateurs de satisfaction client sont en baisse. »

Linda a commenté :

– Il faudrait que tu prennes l'air un peu plus inquiet. Tu parles à Dieu, tu es inquiet d'un problème que tu n'as pas su gérer. Imagine que tu parles à ton chef.

J'ai regardé Benjamin avec l'assurance d'un chef, comme si c'était de sa faute pour la température au Paradis.

Il a recommencé en essayant d'avoir l'air inquiet et fragile :

– « Les indicateurs de satisfaction client sont en baisse. »

– C'est mieux, a dit Linda.

Benjamin a demandé si on ne pouvait pas imaginer plutôt qu'il s'agisse d'un débat entre Dieu, le Saint-Esprit et Jésus, pour que ce soit plus équilibré comme rapport de force, car il n'arriverait pas à tenir la posture du conseiller humilié toute la scène.

– C'est du théâtre, Benjamin, a dit Linda. Tu n'as pas envie d'essayer une posture que tu n'as pas l'habitude de vivre dans la réalité ?

– Si, si, mais je ne veux pas que ça me marque trop. Le corps enregistre ces choses-là. Le leadership, c'est quelque chose qui se travaille à tout instant. Je suis très friand de programmation neurolinguistique et je sais qu'on ne plaisante pas avec ça !

Linda a passé les mains sur son visage en soufflant.

Henri venait d'apercevoir, sur le mur près de la porte, une affichette relatant un récent accident du travail. Il l'a détachée pour sa collection, l'a soigneusement pliée en quatre et glissée dans la poche arrière de son jean. C'était un accident dans l'escalier, sans gravité. Ces accidents étaient plutôt fréquents, mais c'était la première fois qu'il en repérait un dans le bâtiment A, nous a-t-il précisé, satisfait.

Le comédien est arrivé, il était trempé, il pleuvait.

– « C'est dingue ça, vous ne pouvez pas m'installer des filtres ! » j'ai dit.

– Parle plus avec le ventre, m'a conseillé Henri.

Le comédien a rigolé, il a dit bonjour, puis nous a expliqué qu'il ne voulait pas nous interrompre, mais que « avec le ventre », plus personne ne disait ça, c'était une image du XIXe siècle, on parlait bien plus volontiers d'alignement de la colonne d'air pour évoquer les résonances adéquates.

– C'est pourtant ce que j'ai vu en formation il y a quelques mois, a dit Henri, et j'ai trouvé que ça fonctionnait.

Puis il a crié très fort en écartant les bras de son ventre et en avançant vers le comédien :

– LA PREUVE !

Le comédien a reculé, Henri a dit :

– Vous avez vu que ça donne du volume sonore ?

Linda a demandé qu'on reprenne au début maintenant qu'Asmar était là. Asmar c'était le nom du comédien, il a secoué sa veste pleine de pluie et j'ai eu l'impression qu'il faisait exprès d'en mettre un peu sur Henri.

– « Les indicateurs de satisfaction client sont en baisse », a répété Benjamin avec une voix essoufflée.

– Pourquoi prends-tu cette voix ? a demandé Linda.

Benjamin préférait donner un peu de densité à son personnage. Il nous proposait d'imaginer qu'il venait de courir un sprint, voire un marathon, pour apporter au Comex les résultats qu'il venait de voler à l'entrée du Paradis.

– Je serais un peu comme Achille dans Troie. Je pourrais me mettre torse nu avec un pagne et un glaive, ça donnerait de la saveur à mon personnage.

– On verra plus tard pour les costumes, a dit Linda, pour l'instant on va filer le texte.

Asmar a dit que si c'était un simple filage, il ne servait à rien, il était plutôt là pour donner des indications sur le jeu. Il est parti fumer une cigarette en attendant. Henri m'a glissé qu'il n'aimait pas beaucoup Asmar, que le coup du ventre c'était vraiment du solide et que ses colonnes d'air, on s'en fichait un peu. Benjamin a continué à déclamer son texte, il sautillait sur place parce qu'il avait besoin de se défouler. Ensuite, Henri a parlé, il a utilisé son ventre, donc on a tous bien entendu ce qu'il avait à dire, puis c'était mon tour. On a filé toute la scène.

– Il faudra revoir certains passages, a dit Linda, il y a des mots un peu longs et compliqués qui ne passent pas à l'oral.

Asmar est revenu. Puisqu'il était de retour, il pouvait prendre la main, a dit Linda. Il nous a proposé quelques exercices de mise en jambe.

– On commence par des petites vocalises pour réveiller la colonne d'air, a-t-il expliqué en regardant Henri.

On a poussé des « Ho », « Ha », « Hi » en veillant à bien sentir la pression d'air dans notre colonne et dans les abdominaux. Puis on a joué au ping-pong de mots. Linda et Asmar ont joué aussi. Il s'agissait de dire un mot chacun à notre tour, sans réfléchir.

– Président, j'ai dit.

– Benjamin, a dit Henri.

– Héros, a dit Benjamin.

– Héroïne, a dit Asmar.

– Dépendance, a dit Linda.

– Affective, j'ai dit, puisque je venais de lire un magazine sur le sujet.

– Femme, a dit Henri.

– Lucie, a dit Benjamin.

Asmar a dit « Fer », puis il a dit « parce que fer, comme Lucifer ».

Maintenant, on allait passer aux choses sérieuses. Asmar a demandé qu'on choisisse chacun une phrase de notre texte. D'abord, nous allions la prononcer avec colère, être furieux de ce qu'on disait.

Henri a hurlé en écartant les mains :

– PERSONNE NE LE SAURAIT, QU'ON S'EST MIS À RECYCLER LES ÂMES, puis il s'est pris au jeu et il a dit : Vous m'entendez ? Personne ! Personne !, en se tournant vers Linda et Asmar.

On a enchaîné avec des tons pleurnichards, ce n'était pas si facile.

– Le texte n'est pas très expressif, a dit Asmar, ça complique les choses.

– Il devient expressif quand on prend appui sur le ventre pour articuler, a dit Henri.

– Si vous avez des suggestions, Asmar, je suis sûre que Lucie, Benjamin et Henri ne verront aucun inconvénient à ce que vous réécriviez quelques tirades, a dit Linda.

Asmar n'était pas là pour tout réécrire, car à chacun son travail, il a dit. Il nous a prévenus qu'on commencerait la prochaine fois par des exercices de mise en confiance. Pour nous, il était déjà l'heure de repartir en réunion.

Les jours suivants, nous avons progressé avec application. Le vendredi, nous avons apporté les costumes et nous avons fait la générale devant Linda et Franck. Visiblement, ils avaient poursuivi les conversations sur Nietzsche hors conférence. Ils avaient l'air très proches.

J'étais plutôt contente d'une telle issue, mais j'avais un peu peur que Franck vende la mèche à Linda sur son hébergement sur site.

– Franck sait ce qu'il fait, m'a rassurée Farid. Il a embobiné tout le service, tout le siège même.

Il avait peut-être raison.

Le week-end suivant, j'ai terminé les réglages sur le costume, avant de commencer le découpage du dernier rapport de l'Agence internationale de l'énergie, que nous venions de recevoir au bureau. Le découpage était l'étape la plus fastidieuse de mes collages. Si je ne profitais pas des week-ends pour m'y atteler, je n'avais pas le courage de m'y mettre le soir après le travail. J'ai rangé les graphiques bariolés, les camemberts et les courbes en vrac dans une pochette cartonnée, et j'y ai ajouté une étiquette « World Energy Outlook 2021 ».

Il y avait de quoi faire, les prochains mois promettaient d'être riches en création.

Épisode 18

La fête de fin d'année

Le 15 décembre, après la réunion d'équipe, nous nous sommes rendus tous ensemble à la Maison de la Chimie où se tenaient les vœux cette année-là. La cérémonie commençait à 16 heures. J'avais emporté un caddie contenant mon déguisement de Dieu : un chapeau haut de forme, une canne à pommeau, prêtée par Philippe, et un justaucorps rose que je mettrais par-dessus un legging noir. Je m'envelopperais d'un châle en tulle blanc, censé représenter les nuages, que j'avais emprunté à Franck. Sur scène, Henri et Benjamin seraient vêtus de salopettes rouge et verte. L'idée était de donner une coloration « atelier de mécanicien » à la réunion du Comex, toujours sur le conseil d'Asmar.

La salle était remplie de rangées de chaises noires en plastique, alignées face à une haute estrade.

– Installez-vous, a dit Linda, qui attendait avec Coline, la secrétaire de Philippe, toutes deux élégantes et nerveuses.

Des spots rotatifs projetaient des lueurs roses et jaunes dans tout l'espace. Ils révélaient par intermittence les groupes dispersés des premiers convives. Près des tables blanches du buffet, qui ne proposait pour l'instant que de l'eau et des jus de fruits, un groupe de trois musiciens jouait de la bossa nova. Farid s'est approché d'eux, admiratif.

Avec Henri et Benjamin, nous nous sommes choisi des places au fond, pour pouvoir répéter encore le texte de la pièce. Hortense et Philippe se sont installés devant nous.

– Du pain et des jeux, a dit Philippe en s'asseyant.

J'ai sorti mon calepin et j'ai noté un haïku, pour mon roman.

Spots, moulures et bruit
Solitude de la foule
Joie des têtes connues

J'ai senti Benjamin se pencher vers moi, à l'affût de mes gribouillages, alors j'ai écrit très gros : « J'aime les marchés de l'électricité. »

Il m'a donné un petit coup pour me signifier qu'il n'était pas dupe. J'ai refermé mon carnet et nous avons parlé d'escalade et de trail. Je fais très peu de sport : j'habite au sixième sans ascenseur, c'est bien suffisant. Mais d'après Benjamin, si à trente ans on a le corps qu'on hérite, à quarante ans on a celui qu'on mérite, alors je devrais commencer à faire attention.

– Surtout vous les femmes, m'a-t-il expliqué. D'ordinaire, la vieillesse vous va tout de même moins bien qu'à nous.

La voix de Linda a retenti dans la salle :

– Votre attention, s'il vous plaît.

Ceux qui étaient encore debout se sont installés sur les places libres restantes, aux premiers rangs devant l'estrade. Franck et Farid se sont glissés au bout de notre rangée. Je me suis réjouie :

– Franck, tu es venu !

Franck avait enfilé un costume vert clair. Il avait attaché ses dreadlocks en un haut chignon, qui dégageait son visage aux mille fossettes et ses yeux rieurs. Il m'a soufflé qu'il était là incognito, pour voir nos prouesses sur scène.

– Veuillez vous asseoir, la cérémonie va commencer…

– Cérémonie, cérémonie, disons qu'en tout cas on va célébrer l'année qui s'est écoulée, a dit Christian, notre PDG, en prenant le micro. Et on va essayer, justement – il s'est essuyé le nez avec la main – de ne pas être trop cérémonieux, car cérémonieux on l'est toute l'année, alors aujourd'hui c'est plutôt convivialité le maître mot. Merci à l'équipe organisatrice, et bienvenue à tous.

– Merci Christian, a dit Linda. Est-ce que vous êtes tous bien installés ?

Pour ma part, j'avais froid. J'avais mis ma combinaison rouge pour l'occasion, elle n'a pas de manches, et j'avais laissé mon manteau au vestiaire. J'ai ouvert mon caddie pour récupérer le morceau de tulle blanc et m'en suis enveloppée.

– On a froid, a crié Farid à mi-voix, et devant nous d'autres qu'on ne connaissait pas se sont retournés et ont dit : Oui, oui, on a froid !

Hortense a râlé car elle n'entendait rien avec les bêtises de Farid, elle a dit « Chuuuut ! » très fort, et tout le monde s'est tu.

– Montez le chauffage, a articulé Farid avec des grands gestes vers le haut, en se levant, et Linda qui le voyait s'agiter de loin a compris qu'il fallait monter le volume.

Elle a fait signe à la régie, « Un peu plus fort s'il vous plaît ? », mais le technicien du son pensait que c'était déjà assez fort et il l'a rassurée en levant ses deux pouces, « C'est bon, c'est bon ! ».

Notre PDG a repris le micro :

– Bon on y va, je vais prononcer un mot d'introduction puis je vous laisserai entre les mains de la Com' qui vous a concocté un programme… spectaculaire !

Il a évoqué le monde changeant de l'énergie, du pétrole, des marchés de l'électricité… À cet instant, Benjamin a redressé la tête très haut pour qu'on sache que c'était lui, les marchés. Le PDG a donné quelques chiffres sur nos parts de marché, sur nos offres de fourniture d'électricité, de gaz, ou encore sur le volume d'électricité nucléaire qu'on avait obtenu à bas coût. Bref, il a raconté l'année pour ceux qui n'avaient pas été là. J'ai tout de même appris que l'entreprise avait développé une politique de recrutement faisant la part belle à la diversité, et qu'elle avait pris des mesures fortes d'égalité salariale. Le PDG a continué à égrener les promesses consolatrices, et j'ai ressenti une grande émotion devant la générosité de ses ambitions. C'était maintenant au tour de Linda de parler.

– Avant de vous détailler la suite, a dit Linda en

prenant son micro, Christian me permettra de revenir sur le sujet de la diversité et de la place des femmes – même si Christian n'avait pas l'air ravi qu'elle revienne sur le sujet –, ça ne fait jamais de mal d'insister. Il reste des progrès à faire. Il y a certes plus de femmes dans l'entreprise aujourd'hui qu'hier, mais elles restent en moyenne moins payées, et la répartition par métiers n'a rien d'homogène. Certains métiers restent ainsi toujours quasiment réservés aux hommes et…

– Merci Linda, merci, a repris le PDG, et puis il a ajouté sur le ton de la confidence avec un regard entendu vers l'assemblée : De toute façon ce qui compte c'est le chemin, on se plante, on fait demi-tour, on apprend de ses échecs, etc., c'est comme ça que j'en suis arrivé là et pas à cause d'une politique de discrimination positive, mais c'est aussi important de faire ce qu'on peut pour vous aider, mesdemoiselles et mesdames, dans la mesure où vous-mêmes faites ce que vous pouvez avec vos capacités et vos contraintes familiales, nous on essaie d'améliorer ça ensuite au niveau des quotas.

Linda s'est apprêtée à parler mais Christian a continué. Il a tapoté sur son micro, puis il a dit qu'il ne fonctionnait pas, alors il a attrapé celui de Linda – Je peux ? – et il a posé le sien près de sa chaise. Il s'est calé au fond de son dossier, satisfait.

– C'est bien comme ça, test test, voilà, puis il nous a regardés et il a dit : De toute façon, maintenant moi, je me tais, la parole est à vous !

Il a quitté l'estrade sous les applaudissements. C'était le

moment où différents salariés allaient monter sur scène pour parler de leurs projets. Linda a récupéré son micro et a invité Benjamin à la rejoindre. Il a présenté l'actualité des marchés et le nouveau modèle Predictor, celui que nous avions développé avec le centre de Recherche et Développement pour tenir compte de la volatilité croissante des marchés.

Un homme de la direction Commerce nous a ensuite dévoilé le programme déployé auprès des commerciaux pour les encourager à obtenir de nouveaux clients. Ça tenait en 5 lettres, il a expliqué, CAPTE. C comme courage, A comme autonomie, car les commerciaux avaient le droit d'innover. Ensuite, P comme prime, car plus vous gagniez de nouveaux clients, plus vous obteniez une prime importante. T comme tentative, car on ne punissait pas l'échec, au contraire on recommandait d'essayer sans relâche. Attention, on essayait tout de même de ne pas téléphoner plusieurs fois de suite au même client, bien sûr il y avait eu quelques loupés mais ça s'arrangeait doucement. Enfin, E comme énergie, car l'énergie, c'était à la fois ce qu'on vendait et ce qu'il fallait avoir en soi pour convaincre les clients de quitter leur fournisseur historique pour venir chez nous.

Au fur et à mesure de sa présentation, les cinq commerciaux les plus méritants sont montés sur scène : tous des hommes, chacun portant un panneau avec une des lettres du mot CAPTE. Quand le dernier, avec le panneau E, est monté sur scène, celui qui présentait a dit :

– Et voilà donc au complet l'équipe qui a gagné CAPTE, faites très attention à eux ce soir, mesdemoiselles, car ils sont convaincants et, s'ils veulent vous convaincre de changer de fournisseur d'amour, il se peut qu'ils vous ramènent à leur cause.

Linda, qui patientait juste en bas de la scène entre les interventions, est revenue sur l'estrade et lui a fermement repris le micro. Elle nous a dit qu'il ne fallait pas confondre le travail et la vie privée, d'ailleurs l'entreprise avait aussi progressé en la matière.

Après le point sur la santé financière du groupe, ce serait à nous. Nous nous sommes faufilés dans les vestiaires pour enfiler nos costumes.

Henri a vérifié la tenue de son gel dans le miroir.

– Respire avec le ventre, il s'est chuchoté en passant les mains sur son visage. Décontractez vos zygomatiques, nous a-t-il conseillé.

J'ai massé mes joues avec mes doigts et soufflé sur Benjamin, qui ajustait ses bretelles. La présence de Robert aurait été bien utile : je commençais à ressentir un peu d'appréhension.

– Je rentre le premier, a dit Benjamin, qui avait un drôle d'air dans sa salopette verte.

On l'a suivi jusqu'au bas de l'estrade.

– Je laisse maintenant la place à l'équipe Marchés. Au programme, une saynète humoristique, pleine de liens avec l'actualité !

– « Les indicateurs de satisfaction client sont en baisse », a dit Benjamin.

Un des commerciaux a crié que c'était faux, et toute la rangée à côté de lui a gloussé. Il s'est levé en brandissant sa pancarte « E comme énergie », ravi de son succès, mais Benjamin a continué sans se laisser décontenancer :

– « De nombreux résidents ont remarqué la hausse de température. Saint Pierre croule sous les réclamations. Contractuellement on est pieds et poings liés. Si la tête de galaxie s'en rend compte, ça va chauffer encore plus.

– J'imagine que vous avez modifié notre clause standard sur la température dans les contrats futurs ? » ai-je répondu avec assurance.

Dans le public, un des commerciaux a crié que leurs contrats étaient parfaits. Benjamin l'a foudroyé du regard.

– « Oui, mais méfions-nous. Si on n'est plus capables de nous engager sur un climat tempéré au Paradis, ça nous rendra moins attractifs. »

Henri a pris la parole :

– « Si on continue avec le même rythme d'incinération côté Enfer, ça ne va pas s'arranger pour la température du Paradis ; les trajectoires sont formelles, les fumées sont telles qu'on file droit vers +5°C à horizon 2100. »

Du coin de l'œil, j'ai vu que Philippe s'était déplacé pour aller toucher un mot au commercial à la langue bien pendue.

Le reste de la scène s'est déroulé convenablement. Nous avons récolté une ovation correcte. Benjamin a sauté en bas de l'estrade, sans passer par les quelques marches qui la bordaient côté coulisse. Il m'a élégamment tendu la main pour que je descende, entourée de mes voilages en tulle.

Puis Linda et Christian ont levé la séance. Tout le monde s'est rué vers le buffet, qui avait été garni de petits-fours et de champagne pendant la cérémonie. Je me suis changée dans les vestiaires, puis j'ai rejoint Franck et Henri, qui s'étaient positionnés face au stand de foie gras poêlé et s'en remplissaient une petite assiette au fur et à mesure que le cuistot les préparait.

– Excellent ! m'a dit Farid, qui passait par là et piochait dans l'assiette. Lucie, quel talent de comédienne ! Et j'adore les costumes.

Je n'avais jamais envisagé de me lancer dans la comédie. Farid m'a encouragée à réfléchir à une formule de one woman show incluant des intermèdes musicaux, qu'il se proposait d'assurer au violon. Franck a complimenté Henri pour la puissance de sa voix et sa diction irréprochable. « C'est vrai ? » a demandé Henri, ravi, et j'ai senti qu'il était enfin conquis, lui qui avait gardé jusqu'alors de très légères réticences sur Franck. Ils ont discuté de plus belle, Henri en salopette vermillon et Franck en costume vert clair, deux géants colorés dans une foule éteinte. Farid, volubile et moustachu, s'est joint à leur échange. Enchantée, presque émue, j'ai regardé leur drôle d'escouade en sirotant mon jus de pomme.

Philippe m'a hélée. Je me suis dirigée vers lui. Il discutait avec Mathieu, un des traders avec lesquels je travaillais le plus souvent.

– Il paraît que Mathieu a fait un chiffre ahurissant grâce à tes prédictions. C'est le nouveau modèle ?

– Pas tout à fait, Philippe, j'ai répondu. Il y avait un peu de propositions intuitives aussi.

– C'est intéressant, a dit Philippe. Il faudra qu'on en rediscute.

En fait, j'avais eu une sacrée chance avec ces prévisions. Ces derniers temps, entre l'arrivée de Robert dans nos locaux et la fête de fin d'année, j'avais moins travaillé sur mes analyses de prix. Je n'avais pas toujours le temps de lancer des simulations sur nos modèles, ni d'étudier leurs résultats dans le détail. Et je m'étais finalement aperçue qu'établir des conclusions au hasard donnait d'excellents résultats.

Enfin, au hasard… Je m'étais établi une petite méthode : j'écrivais un haïku sur la situation du marché. Ensuite, j'oubliais tout, sauf ces quelques syllabes, que je contemplais en laissant mon esprit divaguer. Je prêtais attention aux images qui s'imposaient à mon esprit en guettant si la tonalité d'ensemble évoquait davantage une ascension ou une chute. Ainsi, j'obtenais la tendance que les prix devraient suivre. Puis, comme il fallait des éléments concrets pour les traders, j'écrivais un charabia technique en sélectionnant dans les informations celles qui confirmaient mon impression. J'avais été moi-même surprise de mon succès. J'en riais intérieurement, de savoir que Mathieu faisait du chiffre à partir de mes élucubrations.

Je suis repartie vers le buffet pour prendre un verre de vin, la tête haute et le pas distingué. La vie n'était pas si ennuyeuse ces temps-ci. D'après le niveau sonore et les yeux vitreux des uns et des autres, un certain nombre de collaborateurs avaient déjà beaucoup bu. Les chaises avaient été rangées, et la vaste salle avait pris des allures de boîte de nuit. Les stroboscopes éclairaient les chemises blanches, retroussées au-dessus des coudes, et les dos en sueur.

Je me suis éloignée des enceintes, qui diffusaient une musique électronique aux basses envahissantes. Du côté des vestiaires, j'ai avisé Farid et Henri qui essayaient d'expliquer un nouveau jeu à l'équipe des commerciaux.

– Ça s'appelle l'Ever Given, vous allez voir, c'est très drôle, a promis Farid en se frottant les mains.

– Disposez-vous de part et d'autre, face à face, en deux rangées, a expliqué Henri de sa voix de stentor. Resserrez un peu les deux files, le passage doit être étroit. Voilà. Vous représentez le canal de Suez. Maintenant, les pétroliers ! Quelqu'un a une cravate ?

Un commercial titubant s'est empressé de défaire la sienne et la lui a tendue.

– Merci ! Je vais vous bander les yeux avec, a dit Henri. Je vous positionne à l'entrée du canal. Vous devez parvenir à l'autre extrémité sans toucher les bords. Si vous échouez, tout le monde crie EVER GIVEN ! À ce moment-là, tous ceux qui attendent derrière vous s'engouffrent dans le canal et c'est à celui qui arrivera à foncer dans le tas le plus fort. C'est bien clair pour tout le monde ? Quand vous avez franchi le canal, vous gagnez un point et vous vous insérez au bout, dans la rangée.

J'ai félicité Farid et Henri pour l'originalité de leur jeu. L'*Ever Given* était un porte-conteneur qui s'était échoué en travers du canal de Suez, le 23 mars 2021, après une tempête de sable. Il avait bloqué toute circulation pendant une semaine, dont une bonne partie des transits mondiaux de pétrole. Je me suis rappelé la volatilité accrue que nous avions observée sur le prix du pétrole les jours qui avaient suivi cet événement. Je me suis soudain sentie un peu fatiguée. J'ai cherché Franck, mais je ne l'ai pas trouvé. Je suis revenue vers le buffet, que les serveurs recouvraient de verrines et de macarons de toutes les couleurs. J'ai dévoré un tiramisu pour me remettre de mes émotions, puis j'ai quitté la salle sans saluer personne. J'avais besoin de marcher. Je suis rentrée chez moi, enveloppée de tulle, en traînant mon caddie dans les rues sombres et froides avec un indéfinissable sentiment. Qu'est-ce que Nietzsche aurait pensé d'une telle soirée ?

Épisode 19

La Poésie vibratoire du Vivant

– Et vous, pour le climat, qu'est-ce que vous faites ? demandait une dame à la voix suave, à la fin de la publicité qu'Henri nous avait montrée au café.

Il s'agissait d'une publicité pour une marque de pulls tissés en laine de mouton locale, qu'il comptait offrir à sa femme.

Quelques heures plus tard, au creux de l'après-midi, Farid nous a fait signe de le suivre à la machine à café, la mine sombre. On s'est installés autour de la table, et là, Farid a dit :

– Qu'est-ce qu'on fait ?

– Explique, j'ai demandé.

Je sais d'expérience que quand Farid garde le suspense, c'est toujours bon signe.

– Qu'est-ce qu'on fait, nous, pour le climat ?

À ses sourcils froncés, j'ai compris qu'il ne plaisantait pas. Il avait le même air déterminé que lorsqu'il avait juré qu'il apprendrait à jouer la *Chaconne*, quitte à perdre l'usage de ses doigts à force d'avoir des crampes et des cals. Henri a compris aussi, il a plissé le front en glissant les mains dans ses poches.

J'ai rassemblé mes esprits.

– On pourrait commencer par ce qu'on ne fait pas ?

Farid et Henri m'ont regardée.

– On ne prend pas l'avion, on achète peu de nouveaux habits, peu de gadgets, et on ne prend pas notre voiture pour faire quelques mètres puisque aucun de nous n'a de voiture, sauf Henri.

À la tête d'Henri, j'ai vu que mes arguments faisaient flop. La femme d'Henri aimait voyager et acheter de nouveaux habits, il s'en plaignait régulièrement car ses dépenses l'empêchaient d'acheter lui-même des objets électroniques.

– Nous n'avons pas d'enfants, j'ai continué, avant de me souvenir qu'Henri allait bientôt en avoir un.

Je me suis arrêtée. J'ai reconnu qu'en réalité c'était une bonne question.

– Tu as raison Farid, que faisons-nous pour le climat ?

Farid a pris une grande inspiration :

– Je vais vous le dire, moi. Je pense que nous en faisons trop peu.

Maintenant que Farid le disait, c'était évident. Nous n'en fichions pas une ! Nada. Des zéros, qu'on était. Nous courions après le temps entre deux séances de sieste aux côtés de Robert, nous décrivions l'agitation des marchés de l'énergie avec jubilation, et aucun d'entre nous n'avait pensé à vraiment faire quelque chose. Nous parlions d'écologie par-ci par-là, nous nous amusions avec nos conférences sur Nietzsche. Bien sûr, il fallait reconnaître que ce n'était pas la première fois que l'idée me traversait. Mais pour une raison obscure, je n'en avais jamais tiré aucune idée d'action concrète. Je me drapais dans mon désespoir. Dans mon pétrospleen. Mon ami François me parlait d'effondrement à chaque fois que je le voyais, et moi, je l'écoutais. Benjamin, qui classait régulièrement les gens sur différentes échelles, aurait dit que nous étions en dessous de Robert sur l'échelle de la réactivité.

– Est-ce que c'est vraiment à nous de faire quelque chose ? a demandé Henri. Moi je vote, c'est ma manière de donner mandat à quelqu'un de plus qualifié pour prendre des décisions majeures pour lutter contre le réchauffement climatique.

Farid a dit qu'il n'était pas étonné qu'Henri parvienne tout de même à dormir tranquille en se contentant de voter, car après tout il avait réussi à s'endormir pendant la dernière réunion plénière du service, et s'il n'avait pas ronflé et dérangé les gens autour de lui, il serait probablement encore en train de dormir à l'heure qu'il est, ce qui n'aurait rien changé du point de vue du climat.

Avant qu'Henri n'évoque les horaires raccourcis de Farid cette semaine-là, j'ai coupé court à la discussion :

– Si on allait voir Franck et Robert ?

Même s'il avait peu de temps, Henri a accepté de nous accompagner.

J'ai frappé à la porte. Franck nous a ouvert, vêtu d'une robe de chambre verte.

– C'est à propos de l'écologie, a dit Farid, est-ce que tu as un moment ?

– Soyez les bienvenus.

Farid a exposé la situation :

– Nous venons de prendre conscience qu'il ne suffit pas de parler d'écologie. Il faut agir. Nous trions nos déchets, nous faisons des petites choses par-ci par-là, mais rien de vraiment efficace.

– Pire encore, je me demande à l'instant si l'urgence n'est pas telle que toute œuvre artistique devrait absolument être consacrée à la question climatique, j'ai ajouté. Mes haïkus qui dépeignent la réalité du marché du gaz sans la dénoncer ne sont-ils pas criminels ?

– Puis-je encore consacrer du temps à la *Chaconne* alors que la planète brûle ? Et si j'y tiens absolument, comment rattacher Bach à la question climatique ? Comme ce que tu étais censé faire avec Nietzsche, ça devrait être possible.

– Je vois, a dit Franck.

On s'est assis en rond autour de Robert, pendant que Franck nous servait du thé à la menthe. Il avait installé quelques jardinières contre la fenêtre, dont dégoulinaient des feuilles de menthe et de verveine. Henri s'est éclairci la gorge.

– Attention tout de même, il a dit. Oui, nous devons réduire notre consommation d'énergie, oui, la biodiversité doit être protégée, mais je pense qu'il faut se garder de toute culpabilisation mortifère. Le futur est devant nous, il a ajouté en caressant son ventre comme si c'était lui qui était enceint.

– Et tous ces gens qui parlent d'effondrement ? j'ai demandé. Tu penses que c'est des blagues ?

– C'est un sujet complexe. L'écologie, c'est vaste.

– Nous sommes pris au piège, a dit Farid. Plus je lis Nietzsche, plus je pense qu'on ne peut pas en rester là. Que faire ?

– C'est là une question digne d'être posée, a dit Franck. Ô ma Terre ! Ô humanité ! Ô bêtise !

– Nous ne sommes pas les seuls à nous poser ces questions, a remarqué Henri. Il existe déjà de nombreuses associations écologiques, pourquoi ne pas en rejoindre une ?

Nous avons passé en revue les différentes associations. Green Purple, Extinction Bataillon, Effondria, Pitch Project, il y en avait beaucoup. Green Purple, par exemple, menait régulièrement des actions antinucléaires. Cela plaisait bien à Henri. Henri pensait que le nucléaire était une technologie trop risquée. Selon lui, il était plus intelligent de miser sur des solutions flexibles, mobiles et non radioactives. Les progrès qu'on observait sur les drones par exemple montraient bien que la science avançait très vite, et qu'il suffisait de le vouloir. Sans citer les nombreux rapports de think tanks et d'agences publiques qui démontraient que le tout renouvelable était possible à moindre coût, à condition de bien se couvrir et de manger davantage de légumineuses.

– Je sais que Linda aime bien Green Purple, nous a dit Franck. Ils font aussi des actions pour protéger les animaux.

Farid pensait que c'était une chose de chercher des solutions bas carbone sans radioactivité, mais que c'en était une autre d'aller escalader des centrales nucléaires. Nous ne pouvions pas nous en remettre à des amuseurs de galerie.

– C'est l'hôpital qui se moque de la charité, a dit Henri.

Extinction Bataillon était une autre association plutôt séduisante sous certains aspects. Non violente, un peu mystérieuse, elle défendait aussi la biodiversité. Mais elle s'opposait au système avec une radicalité qui déplaisait à Henri. Faire avec l'ordre établi, c'était une bien meilleure solution. Cela gagnait du temps, on se glissait dans des process déjà rodés, ainsi on pouvait changer les choses de l'intérieur. C'était bien plus intelligent que de tout casser, nous a-t-il expliqué.

Nous avons donc écarté Extinction Bataillon, malgré l'insistance de Franck, qui appréciait leur promesse de désobéissance civile.

Rejoindre le Pitch Project m'aurait bien plu : c'est l'association de François, et ce sont les gens les plus intelligents que je connaisse, comme je dis toujours. Franck hésitait, Farid était partant, mais Henri leur reprochait d'être fortement pronucléaires. J'ai protesté :

– Tu as tort, ils sont surtout très pragmatiques.

Henri n'a rien voulu entendre, et Franck s'est rangé à ses côtés. Nous avons donc évalué la dernière association que nous avions repérée, Effondria. Cette fois, c'était l'omniprésence du mot effondrement sur leur site internet qui angoissait Henri.

– Et puis, ils sont trop décroissants pour moi, a-t-il ajouté, veto !

À force de n'en trouver aucune qui nous convienne à tous les quatre, j'ai eu une révélation. Nous n'attaquions pas le problème sous le bon angle. Ces associations étaient toutes précieuses et complémentaires, mais elles rencontraient deux écueils.

D'abord, l'épuisement. Car le problème auquel elles s'attaquaient était presque insurmontable. Leur mission ne s'achevait jamais, leurs résultats étaient difficilement mesurables, toujours insuffisants. Alors certains de leurs membres en devenaient fous, débordés par l'urgence d'agir, la faiblesse de leurs moyens et la perspective angoissante d'un effondrement imminent. Bien sûr, c'était courageux et nécessaire, mais nous n'étions pas tous appelés au burn-out écologique.

Les seuls qui trouvaient un semblant de repos étaient ceux qui fuyaient vers la campagne. Et je pensais que c'était l'autre écueil : la condamnation radicale du système. Ceux-là éduquaient leurs enfants à la maison, loin du capitalisme qui parfois les avait enrichis, et préparaient un potager en permaculture. Tout en continuant, a ajouté Farid, perfide, de bénéficier du système de santé. Je comprenais ce besoin d'une vie plus proche de la nature mais cette fuite, je n'arrivais pas à m'y résoudre. Était-on obligé de partir pour retrouver l'équilibre ? Tout le monde ne pouvait pas partir, de toute façon, alors partir entre élus, capables de se sauver ? Je pensais à la ville grouillante, à ses fumées, son brouhaha, et quelque chose m'y retenait. Ça avait quelque chose à voir avec les œuvres d'art urbaines de Franck, avec Robert et notre salle enchantée, avec la poésie qu'on reconnaît aux choses absurdes, faute de leur trouver la moindre qualité concrète.

Ça avait quelque chose à voir, j'ai conclu pompeusement, avec la Poésie vibratoire du Vivant. C'était un terme que je venais d'inventer et qui paraissait répondre à tous mes problèmes. La Poésie vibratoire du Vivant, voilà ce que je voulais sauver, et que je leur proposais de sauver tous ensemble.

– La Poésie vibratoire du Vivant. La PVV, a dit Henri, qui adore les acronymes. Pi-Vi-Vi, il a redit en anglais. Ça sonne bien.

J'ai repris ma tirade avec fougue et détermination. La PVV n'existait pas en dehors du réel, elle y était nichée, et elle le transcendait. À nous de l'y trouver, de l'y cultiver. Nous étions nietzschéens, après tout. C'est avec la réalité que nous travaillions. Nous allions inséminer la PVV au cœur du système, comme une graine qui réussit à germer à travers le béton.

– Et concrètement ? m'a demandé Farid.

Son intervention m'a fait perdre le fil.

– Je reprends, ai-je dit en le fusillant du regard. Nous, nous ne serons pas du côté de la peur, ni de la hâte. Car quand on a trop peur, on perd la PVV, quand on court, on perd la PVV. Non ! Nous, sur le *Titanic*, nous serions l'orchestre. Enfin, pas l'orchestre du pont, celui des vrais artistes, mais un autre orchestre, caché du côté des machines à vapeur, qui jouerait coûte que coûte pour donner le sourire aux techniciens et à tous ceux qui n'ont pas de place dans les canots. Henri, tu l'as dit toi-même :

tu te souviens que nous voulions démontrer que les ingénieurs n'étaient pas des bœufs ? Qu'ils avaient une âme, une âme poète ?

– Je confirme, a dit Henri. Une âme poète et surtout, des capacités littéraires.

– Je vous propose donc, j'ai conclu sous l'effet d'une inspiration débordante, de fonder notre propre association, l'association Robert Timon. Elle aura pour but de disséminer des germes de Poésie vibratoire du Vivant absolument partout où c'est possible et, de préférence, de manière inattendue. Et on peut espérer, ce faisant, qu'il y ait même des effets concrets sur le réchauffement climatique. Exactement comme la présence de lézards est capable d'arrêter un chantier.

Henri, Farid et Franck sont restés bouche bée, puis ils m'ont applaudie.

– Lucie, présidente !!! a crié Franck.

– Je serai trésorier, a proposé Henri.

J'ai regardé Robert. Il mâchonnait placidement un reste de potimarron.

– Robert sera notre mascotte !

Épisode 20

Une soirée au Pitch Project

Mais comment procéder ? Fonder une association écologique, ça ne s'improvise pas. J'ai appelé François, mon joker écologique. Lui avait participé à la création du Pitch Project, il saurait nous aiguiller.

– Venez jeudi prochain, pour la réunion mensuelle, a-t-il proposé. Vous verrez comment ça se passe !

La semaine s'est écoulée sans que nous ayons le temps de réfléchir dans le détail à notre projet associatif. Le jeudi, nous sommes partis tous les quatre, Franck, Henri, Farid et moi, pour assister à la réunion. Le QG du Pitch se trouvait dans une rue à l'arrière de la gare Montparnasse, au rez-de-chaussée d'un immeuble haussmannien.

Franck avait gardé sa robe de chambre verte et tout le monde nous regardait dans le métro. C'est curieux comme un peu de couleur et de fantaisie marque immédiatement les esprits. Nous nous sommes arrêtés au magasin bio, car François nous avait demandé d'apporter l'apéro.

– Tout sauf le vin biologique, a prévenu Henri.

Nous sommes ressortis les bras chargés de chips de betterave et de bouteilles de kombucha. François nous a ouvert la porte.

– Installez-vous, tout le monde n'est pas encore arrivé.

J'ai pris place dans le canapé, tandis que Farid et Franck s'installaient sur des petits coussins posés sur la moquette. Henri s'est approché du mur. Il était recouvert d'un long tissu beige, sur lequel étaient punaisées des cartes postales reliées entre elles par des flèches dessinées au marqueur noir.

– Ça, c'est la fresque du climat, a dit François avec fierté. C'est une sorte de jeu de société qui permet de pitcher efficacement la catastrophe climatique en cours. Et voici le plus important !

Il a attrapé un livre blanc posé sur une pile de livres semblables, à même le sol.

– Je t'en offre un. C'est le Pitch de transformation de l'économie française. Il rassemble toutes les mesures que nous proposons pour décarboner la France.

J'ai saisi le livre en le remerciant. Sur la couverture, une jeune femme en bonnet phrygien se retroussait les manches. Je l'ai feuilleté, il y avait beaucoup de texte, mais aussi quelques infographies et des graphiques. François me regardait, impatient d'avoir mon avis. Je l'ai félicité, c'était un sacré travail. Des milliers de bénévoles y avaient participé, lui-même y avait consacré des mois entiers, m'a-t-il dit en me montrant les chapitres qu'il avait coordonnés.

Je me suis juré de ne pas le découper pour mes collages, honteuse d'y avoir immédiatement pensé.

– Mais parlons plutôt de ton projet Robert Timon, a continué François. Ce dont tu pourrais avoir besoin, pour ton association, c'est d'une action fondatrice. Un buzz, un coup d'éclat, pour vous faire connaître.

Les membres sont arrivés les uns après les autres. Ils se sont entassés sur les poufs et les sièges. François a proposé de commencer.

– Bienvenue à tous les pitchers. Je vais ouvrir la séance. Je vois qu'on est de plus en plus nombreux.

– Où c'est qu'il est, le tire-bouchon ?

Un tire-bouchon a valsé à travers la pièce.

– Tu projettes ?

– C'est bon dans 3, 2, 1, top ! a dit le type derrière l'ordinateur, et le vidéoprojecteur s'est allumé.

– Nous allons d'abord vous présenter le rendu d'une étude menée avec quelques pitchers ici présents, sous l'égide d'Éric, notre vice-président.

François s'est assis à côté de moi, sur le vieux canapé. Éric était un petit type rondouillard, vêtu d'un costume gris clair et d'un nœud papillon bordeaux, qui gesticulait dans tous les sens et parlait en mangeant ses mots.

– Est-ce que vous vous y connaissez en moulins à vent ? a-t-il demandé.

– Non !

– Don Quichotte, a dit un autre.

– Le nombre de moulins à vent a crû d'une manière corrélée à la population au Moyen Âge, jusqu'à la Grande

Peste. Elle a décimé toute l'Europe. Un instant clé. Terrible !

François s'était rapproché de moi. Il m'a chuchoté :

– Le problème avec Éric, c'est qu'il remonte toujours trop loin dans le contexte historique.

– J'ouvre le houmous, allez, a dit un type aux lunettes en écaille.

Éric l'a foudroyé du regard.

– Et les moulins à vent, donc, étaient à l'époque une des seules possibilités pour l'homme s'il voulait augmenter sa puissance technique. Sa capacité d'action.

Le type de l'ordinateur a passé la slide suivante, sur laquelle on voyait des courbes de croissance économique et de production de pétrole.

– Pas si vite ! Reviens à la slide introductive, merci.

Le type a remis la slide précédente mais il a appuyé une fois de trop, donc la slide de titre est apparue et Éric a levé les bras au ciel.

– On est pas aidés ! Allez, donc, mes moulins.

– Les moulins ! a dit celui aux lunettes en écaille.

– Ça donne soif, quand même. Donnez-moi un verre pendant que je parle, a dit Éric.

Le type de l'ordinateur est allé chercher un verre à la cuisine attenante car tous les verres étaient utilisés. Henri lui a emboîté le pas. Les autres écoutaient studieusement.

– J'en arrive au pétrole, continuait Éric. Pétrole, pétrole, qui nous occupe tous. Ce qu'on voit sur ces courbes, c'est que la croissance économique mondiale est absolument, strictement, définitivement, corrélée à la production mondiale de pétrole !

Il a levé les bras vers le mur et a vu que c'était toujours la slide d'introduction.

– Slide suivante ! Allez, allez !

L'homme aux lunettes s'est approché de l'ordinateur et a passé la slide suivante.

– Vous voyez, ici, a montré Éric en tendant le bras vers le graphe qui était apparu sur le mur. On a pris les données des World Energy Outlook de l'Agence internationale de l'énergie...

J'ai écouté avec attention. Je connaissais bien ces publications, qui comportaient des graphes multicolores que j'utilisais dans mes collages.

D'après Éric, chaque point du graphique représentait une année. En abscisse, la production de pétrole ; en ordonnée, le produit intérieur brut mondial. Il nous invitait à observer que ces points étaient parfaitement alignés. Cela signifiait que la croissance économique mondiale était corrélée à la production de pétrole. Les seules exceptions étaient les chocs pétroliers, qui avaient conduit à des investissements colossaux pour réduire la dépendance au pétrole, comme, par exemple, la construction de centrales nucléaires en France.

Le public s'est extasié. La plupart trouvaient l'alignement bluffant, mais attention, corrélation ne valait pas causalité, a souligné un grand dégingandé assis au fond. Éric a repris son explication. Si on regardait maintenant les nouveaux points sur la courbe – si l'on voulait bien lui passer la prochaine slide, merci –, on observait ce que l'AIE avait prévu pour le futur selon ses différents scénarios. Et ce qui était terrible, c'est que cela montrait bien qu'année après année, les scénarios de l'AIE étaient démentis et que la croissance économique restait sérieusement dépendante du pétrole. Et du gaz, a ajouté quelqu'un dans le public. Éric allait maintenant nous présenter la version dynamique de ce travail. Il a demandé au type de l'ordinateur de vérifier les haut-parleurs et d'appuyer sur Play.

Des notes de violon ont retenti dans la pièce, Éric a battu la cadence avec ses mains. C'était l'*Adagio pour cordes* de Samuel Barber. Surexcité et effaré, il a contemplé avec nous, sur le mur, l'avancée solennelle des points. Ces points étaient des symboles de notre aveuglement, l'illustration parfaite des promesses chimériques de l'AIE, qui continuait à prétendre que de petites politiques climatiques permettraient de se libérer du pétrole… Ridicules, ils étaient ridicules ! Chaque année la réalité démentait leurs espoirs, chaque année ils récidivaient ! Les réactions n'ont pas tardé dans la salle.

– C'est dingue !

– Ils exagèrent, à l'AIE !

– C'est politique, ils ne peuvent pas dire qu'on va dans le mur !

– Il n'y a plus de vin ?

– Si tu changes ta définition de la croissance économique, tu résous bien des problèmes, Éric.

– Moi je veux bien, a dit Éric, j'y travaille, mais va le dire aux électeurs.

– Si, j'en vois deux bouteilles au fond.

– Rien n'interdit d'inventer une croissance verte !

François s'est penché vers moi :

– La croissance verte, on n'aime pas trop ça, ici au Pitch. On est obligés de faire avec pour décrocher quelques partenariats… en réalité, on est convaincus que personne n'y croit. Mais il y a toujours quelques idiots qui sont là par hasard.

– On va lancer un autre groupe de travail, a dit Éric, pour évaluer les différentes hypothèses de croissance économique dans les scénarios majeurs : AIE, OCDE, IMF, WEC…

La liste des acronymes a duré un certain temps et bon nombre d'entre eux m'étaient inconnus.

François a jailli du canapé en attrapant un des livres et s'est adressé à tous :

– Pour retrouver l'espoir, rappelez-vous que nous avons, heureusement, notre PTEF ! Le Pitch de transformation de l'économie française, qui propose des solutions pour décarboner. Vous êtes tous invités à le lire – si vous n'avez pas participé à l'écrire –, et à l'offrir à vos proches. Et j'espère qu'il vous redonnera le sourire !

Quelques applaudissements ont retenti.

– Merci Éric, je reprends la main. On passe au suivi des projets pitchers.

Le type derrière l'ordinateur a passé la slide suivante, affichant un tableau avec des projets, des pilotes et des degrés d'avancement. Tout ça était parfaitement structuré.

– Un mot sur les projets Pitch ton zinc et Pitch la vie ?

– Ça avance bien, a dit l'homme aux lunettes d'écaille. On fera une présentation pour la mensuelle de juin.

– La mensuelle de juin, ce sera la séance de questions-réponses avec Jean-Côme, a dit François, faudra qu'on se recale.

– On en reparle.

– Je passe à la suite, alors, un point sur le bilan de la politique Territoire Énergie positive.

Un homme au look de consultant s'est avancé. Il avait une trentaine d'années, un costume élégant, des slides polies et une bonne élocution.

– Ce que montre notre étude, c'est que les budgets alloués lors de la mise en place de la loi pour les territoires zéro carbone n'ont pas servi à grand-chose. En matière de bilan carbone, soixante pour cent du budget n'ont eu aucun impact carbone.

Slide suivante.

– Bien souvent, les budgets ont été alloués à des projets qui comportaient seulement une infime part écologique. Par exemple, vous pouviez obtenir le budget pour rénover toute une école, l'équiper en matériel informatique, changer tous les jeux dans la cour. Je dis pas que c'est pas utile, mais ça n'a rien à voir avec l'écologie. Dans ce cas, si le projet incluait le changement des fenêtres pour du double vitrage, vous obteniez les subventions pour tout le reste des travaux.

J'ai regardé Henri, il lisait l'étiquette sur la bouteille de kombucha. Lire les étiquettes ou collecter les affiches, c'est souvent ce qu'il fait lorsqu'il entend des choses trop désagréables. Farid et Franck papotaient face à la fresque. Le consultant poursuivait la présentation. Lorsqu'il a eu terminé, François s'est avancé et a dit qu'on continuait avec un temps d'échanges libres. Il a redonné la liste des projets en manque de bénévoles, et a souhaité à tous une bonne fin de soirée.

Je me suis rapprochée de mon trio.

– Qu'est-ce que vous en pensez ?

– C'est dense, a dit Franck. Mais c'est pas pour moi. Trop de costards et d'hommes blancs.

– J'ai bien aimé Éric, a dit Farid. Et la mise en scène avec l'*Adagio* de Barber, c'était réussi.

– En tout cas, c'est inspirant de voir comment font les autres, a dit Henri. Dites, j'ai du mal à respirer, il fait trop chaud ici. Si on allait boire une bière et manger un steak ?

On est partis dans le petit bar d'à côté, après avoir remercié François pour l'accueil.

– Moi aussi, j'ai trouvé ça très intéressant, j'ai dit alors qu'on s'était installés autour d'un tonneau renversé. À mes yeux, ça confirme l'intérêt de notre association. Car dans cette salle, hormis le kombucha, et l'animation, j'ai trouvé qu'il n'y avait pas assez de Poésie vibratoire du Vivant.

– Ça manquait d'un temps de méditation autour d'un iguane, par exemple.

– Trop intellectuel, peut-être. L'homme est un corps avant d'être un esprit, a dit Franck.

– Nous, nous allierons l'intellectuel et l'art, et la vie.

– Ça sera moins déprimant. On a besoin de rêver, a dit Henri en caressant son ventre.

Nous avions la raison d'être de notre association. Défendre la Poésie vibratoire du Vivant, en entreprise comme sur la planète. S'inspirer de la résilience de l'iguane pour inventer des process et des manières d'être au monde plus apaisées, plus respectueuses. Robert en serait le symbole.

Il nous fallait maintenant une action fondatrice, l'équivalent de la fresque du Pitch, j'ai dit. De quoi lancer le mouvement, trouver des adeptes, et construire avec eux les bases d'une nouvelle civilisation.

– On pourrait écrire un manifeste.

– Ce sera absolument nécessaire, a confirmé Henri. Il faut que nos adhérents sachent ce à quoi ils s'engagent.

– On pourrait manifester devant l'Assemblée nationale pour réclamer la prise en compte du vivant ?

– Nous devons nous méfier, a remarqué Farid. Il ne faudrait pas que nous soyons confondus avec une association pro-vie tout simplement.

– Franck, tu pourrais peut-être nous faire une grande sculpture en forme de lézard ? On l'exposerait dans la rue de manière sauvage.

– Je ferme dans dix minutes, a dit le patron. Je vais vous encaisser.

On s'est quittés en se promettant de poursuivre le brainstorming. Franck est parti à pied, dans sa robe de chambre verte. Où dormait-il ? Est-ce qu'il allait rejoindre

Linda ? Nous cherchions à résoudre des problèmes lointains mais lui, est-ce que nous l'aidions assez ?

En même temps, Franck ne demandait rien. Plus le temps passait, plus il semblait délicat de rappeler qu'il avait une situation différente de la nôtre.

Le lendemain, au café, Henri est arrivé avec une devinette :

– Qu'est-ce qui pollue et qui a suffisamment mauvaise réputation pour que nous puissions nous y attaquer sans nous mettre qui que ce soit à dos ?

– Les voitures ? j'ai tenté.

– Non.

– L'industrie du textile, a dit Hortense qui passait par là.

– Essaie encore.

– Benjamin ? a dit Farid. Il prend beaucoup l'avion.

– Mais non ! Les BANQUES, pardi ! a dit Henri en parlant très fort avec le ventre. Imaginez. Nous nous attaquons à une banque avec douceur et vie. C'est en voyant les nouveaux géraniums que ma femme a mis à la fenêtre que j'ai eu l'idée. Nous allons lancer une opération « Le vivant dans la finance ». Pour cela, je propose de recouvrir de fleurs, d'arbustes et de cœurs en peluche toute la devanture de l'agence de la BNN, celle qui est juste devant Vega.

– Les banques ne polluent pas, a dit Hortense. Qu'est-ce que c'est que cette histoire de fleurs ! Vous avez du temps à perdre.

– Les banques sont complices, Hortense, elles financent des activités polluantes, c'est la même chose.

– Pourquoi pas, mais je mettrai un masque pour rester incognito, car c'est l'agence où j'ai mon compte, a dit Farid.

L'après-midi, à la cantine, on a chiffré le coût de l'opération. C'est rudement cher, les fleurs et les arbustes. Je n'avais aucune envie de mettre mon seringa à contribution, déjà suffisamment ébranlé par l'hiver. Farid a trouvé sur internet une boutique à Saint-Ouen qui vendait des fleurs et des arbustes à moitié prix, mais ça restait cher, environ 5000 euros si nous voulions couvrir la surface ; sans compter le fait qu'Henri refusait que nous utilisions sa voiture – nous serions cagoulés et masqués, avec des tee-shirts verts sur lesquels nous aurions thermo-imprimé « Robert Timon ». Il nous faudrait donc aussi louer la voiture et fabriquer les tee-shirts. Toute l'opération allait nécessiter un financement.

– Une levée de fonds ? a proposé Farid.

C'était compliqué. Nous n'étions pas encore très connus.

– Quand nous aurons des adhérents, nous proposerons une cotisation. Pour l'instant, nous ne sommes que quatre, ça ne peut pas fonctionner.

C'est là que Farid a eu une idée géniale, comme il en a souvent.

Épisode 21

La saurothérapie

– Henri va vous raccompagner à l'accueil, j'ai dit avec mon plus beau sourire. Merci pour votre confiance et à bientôt.

Farid et moi sommes restés dans la salle, autour de Robert. Farid m'a regardée.

– Je suis partagé. Je sais que nous sommes sur la piste d'un avenir meilleur, et en même temps j'ai une impression confuse. De la culpabilité, peut-être.

Je comprenais ce que Farid voulait dire mais je ne pouvais laisser affleurer mes doutes.

– Je ne vois pas le problème, ai-je dit. En plus, nous sommes alignés avec notre raison d'être.

En une séance, nous gagnions 100 euros pour l'association Timon, ce qui n'était pas négligeable. Je trouvais normal que Franck prenne trente pour cent : c'était lui qui avait rabattu nos premiers patients en faisant le pied de grue à la sortie du club de yoga voisin. D'ici quelques semaines, si les affaires continuaient à bien marcher, nous aurions de quoi financer notre opération d'envergure.

– Si nous apportons de la valeur à l'univers, il est normal que nous recevions de l'argent.

Ça, c'est ce que répétait toujours Juliette du Back Office. La porte s'est ouverte sur Henri, qui amenait la patiente suivante, Laura. C'étaient surtout des femmes. Depuis le début de la semaine nous en avions reçu deux par jour, entre midi et deux. Henri est ressorti faire le guet.

La femme a regardé autour d'elle.

– C'est très beau, elle a dit.

– Merci Laura, j'ai répondu avec dignité. Installez-vous.

Je lui ai montré le tapis de sol gonflable.

– Vous pouvez enlever vos chaussures et vous asseoir en tailleur. La séance se fera en compagnie de Farid, qui est soignant de sauriens et s'assurera ainsi que le bénéfice que vous en retirerez ne se fera pas au détriment du bien-être de Robert.

Laura s'est assise.

– Je vais d'abord vous poser quelques questions, puis nous allons entrer dans la pratique. Est-ce que vous êtes bien installée ?

Nous avons effectué l'entretien préliminaire. Comme tous nos patients, Laura souffrait d'anxiété, de stress et de perte de sens au travail. Farid a sorti Robert de sa cage et l'a amené au niveau de Laura.

– Si vous le pouvez, j'ai dit, mettez votre main sur son troisième œil, là au niveau du front.

Laura s'est exécutée.

– Il a une drôle de consistance.

– Apprivoisez la consistance doucement et soyez présente à l'instant.

Farid a démarré la bande-son de pluie en forêt tropicale.

– Inspirez par le ventre, soufflez par le nez, doucement, calmement. Après quelques respirations, vous allez dire tout haut ce qui vous chiffonne à propos de votre travail, ce qui vous obnubile. Cela peut être des mots en vrac, ou des phrases. Dites-les tout haut, en vous adressant à Robert, en gardant une respiration détendue et en écoutant le bruit de la pluie qui tombe dans la forêt.

– D'accord, a dit Laura. Je me sens un peu ridicule, mais d'accord.

– Adressez-vous bien à Robert.

– Deadline, a dit Laura. Jalon, jalon, jalon.

Robert restait impassible.

– Meeting, entretien. KPI, KPI. Jauge de succès. Performance.

Robert a cligné de l'œil avec un air d'ennui.

– Très bien, Laura, continuez, exactement comme ça.

– On est des warriors. Plan de licenciement. Atteindre l'excellence. Femme accomplie, disponibilité maximale.

Robert a bougé légèrement les pattes sur le tapis, le regard captivé par un petit gravier.

– Regardez Robert, j'ai dit. Regardez comme il s'en fiche. Robert respire, Robert mange. Robert dort. Robert existe, et c'est déjà beaucoup.

– C'est vrai, a dit Laura.

– Maintenant, dites-le encore plus fort. Criez, si vous voulez. Essayez de lui faire peur.

– Respecte le jalon ! a crié Laura. Jalon, jalon, jalon !

Robert n'a pas bronché, il s'est dandiné, ce qu'il fait quand il a un peu faim. Farid a sorti une croquette pour lézard et la lui a donnée.

– Imprégnez-vous de son je-m'en-foutisme. Regardez comme Robert s'en fiche de votre pression. Robert n'en a rien à carrer. N'est-ce pas, Robert ?

Robert mangeait la croquette avec application.

– C'est vrai, a répété Laura.

– Maintenant, imaginez-vous dans une situation de pression. Votre chef vous demande de respecter un jalon, il crie, et en même temps, fermez les yeux, imaginez que vous êtes Robert. Comme lui, regardez paisiblement ce gravier et bâillez. Rappelez-vous que vous, les lézards, vous existez depuis des centaines de millions d'années sous les étoiles.

– Je suis un lézard et j'existe sous les étoiles, a dit Laura.

– Très bien, c'est exactement ça. Sentez votre respiration s'apaiser et le bien-être s'installer. Prenez encore quelques respirations.

L'heure touchait à sa fin.

– Comment vous sentez-vous ?

– Je me sens bien, j'ai l'impression d'avoir voyagé.

– Très bien. La prochaine fois nous continuerons à travailler sur le stress et nous amorcerons le sujet du sens.

Laura m'a donné 150 euros, que j'ai pudiquement mis dans la petite caisse que nous avions prévue à cet usage.

– Henri va vous raccompagner à l'accueil. Très bon après-midi et prenez soin de vous.

Nous sommes remontés au troisième étage. La Russie massait ses troupes à la frontière de l'Ukraine, certains disaient que l'invasion se produirait cette semaine si elle devait se produire. Les terrains marécageux qui empêchaient les chars russes de passer étaient plutôt secs en raison de la météo. Les prix du gaz s'envolaient.

Benjamin nous attendait.

– Dépêchez-vous, on sort l'artillerie lourde.

Le président avait demandé à recevoir dès maintenant un reporting des prix toutes les dix minutes. Le délai était trop court pour que nous puissions automatiser l'envoi du reporting. Nous disposions sur nos ordinateurs d'une interface nous permettant d'observer en temps réel tous les achats et ventes effectués sur les marchés. Dès que les prix s'agitaient, tous les grands directeurs, et cette fois-ci le président lui-même, voulaient en savoir plus et nous demandaient un suivi quasi instantané des prix. Je n'avais jamais vraiment compris ce qu'ils faisaient d'une information aussi précise, puisqu'ils n'étaient pas traders, mais nous nous exécutions de bonne grâce.

– J'ai installé la cellule active dans la bulle près de mon bureau. Je pourrai ainsi jeter un œil sur vous. Nous nous relaierons toutes les heures dans cette bulle. Chacun assure six envois puis laisse la place au suivant. Je vous envoie le mail modèle que j'ai préparé.

C'était à Farid de commencer. Il a pris son ordinateur et s'est installé dans la salle exiguë. Benjamin l'a rejoint pour lui expliquer comment procéder.

Henri et moi avons regardé Farid, qui écoutait Benjamin, l'air concentré. En sortant, Benjamin nous a rassurés :

– Vous verrez, c'est très simple. Vous observez sur l'écran les prix du gaz et de l'électricité. Vous les copiez-collez dans le mail, et hop, vous envoyez le mail à Isabelle, qui effectuera l'envoi au président. Et après, vous mettez une croix sur le tableau en face de l'heure à laquelle vous avez effectué l'envoi.

– C'est compliqué, faut pas mélanger les deux prix, j'ai dit pour rire. Imagine si on met le prix du gaz à la place du prix de l'électricité !

– En effet, il ne faut pas se tromper, Lucie ! Je compte sur toi, il a dit en me regardant avec intensité, comme c'était sans doute marqué dans le manuel.

Farid nous a entendus parler, alors il est sorti aussi. Benjamin lui a demandé de retourner à son poste, car il ne s'agissait pas de manquer un envoi par simple étourderie.

J'ai repris mes analyses de prix. Trente minutes plus tard, je suis allée faire un tour du côté de la bulle où était Farid. Il était assis et regardait fixement son ordinateur. Benjamin était au téléphone, alors j'ai rejoint Farid pour lui tenir compagnie.

– Comment ça va ?

– Je viens de faire l'envoi de 14 h 50, donc j'attends, il a dit.

Je me suis assise sur l'autre fauteuil. On est restés quelques minutes à guetter les nouvelles. Les chars russes n'avaient pas encore bougé. Poutine avait prévenu qu'ils étaient là seulement pour faire de l'exercice. Plusieurs traders gaz, en particulier ceux qui avaient acheté du gaz en avance sur le court terme, avaient intérêt à ce que la guerre éclate.

– C'est tout de même fou, a dit Farid.

Si la Russie envahissait l'Ukraine, le risque que l'approvisionnement en gaz de l'Europe soit interrompu pour une durée variable était non négligeable. Par exemple, en cas d'attentat terroriste ou de la destruction accidentelle du gazoduc Brotherhood, ou si la Russie décidait d'interrompre ses livraisons de gaz. Alors les prix enflaient, suivis de corrections à la baisse, mais au total s'orientaient fortement à la hausse.

– Concentrons nos efforts, j'ai rappelé. Pour le moment, nous nous attaquons au climat, et à la Poésie vibratoire du Vivant.

D'ailleurs, je venais d'avoir une idée. Une sacrément bonne idée. Comme toutes mes bonnes idées, elle s'est précipitée hors de mon cerveau par ma bouche en bousculant tous les mots, et Farid n'a rien compris.

– Je reprends, j'ai dit. Le cours du quota de CO_2 ! Pour le climat, il est nécessaire que le prix du CO_2 augmente. Comment orienter le prix à la hausse ? La plupart du temps, le cours s'emballe à la moindre analyse qui prédit qu'il atteindra un nouveau seuil majeur dans les prochaines semaines ou les prochains mois.

– Je te suis jusqu'ici, a dit Farid.

– Et si nous inventions des analyses pour prédire qu'il montera très haut ? Nous les donnerions aux traders, qui parieraient ainsi à la hausse, et tout cela ferait monter le cours.

– C'est une excellente idée ! a dit Farid. Mais est-ce qu'ils nous croiront ?

– Pas plus et pas moins que d'habitude. Ils travaillent pour l'essentiel à partir de nos analyses, je l'ai rassuré.

– Si ça ne fonctionne pas, ils pourraient perdre beaucoup d'argent. Et Vega Énergie avec.

– Il faut qu'on sache ce qu'on veut ! C'est sûr qu'on devra être discrets.

À cet instant, Benjamin est entré comme une furie.

– Il est déjà 15 h 10 ! il a dit. Je viens de voir que je n'ai reçu aucun envoi à 15 heures ! C'est quand même dingue, vous n'avez que ça à faire, envoyer un mail pour y copier-coller deux prix, et même ça, ça vous pose problème !

Farid s'est exécuté, penaud.

La situation devenait compliquée. Tant de pression pour un simple envoi de mail… Travailler, d'accord. Mais pas à n'importe quel prix. « Je peux concevoir que certains ne soient pas faits pour le travail », avait dit à son amie une dame, ce matin au café où je m'étais arrêtée quelques minutes avant de commencer ma journée. Je me demandais de plus en plus si ce n'était pas mon cas.

J'ai laissé Farid dans la bulle et je me suis installée à mon bureau. J'ai préparé quelques phrases sur le cours du quota de CO_2. Le prix de la tonne s'établissait en ce moment un peu en dessous de 100 euros. Mais comme le prix du gaz avait grimpé, il faudrait que la tonne de CO_2 coûte encore plus cher pour que le gaz soit plus rentable que le charbon. J'ai jeté un œil aux analyses disponibles sur Carbon Purse et aux sorties de Predictor : tous pariaient sur une baisse pour les prochaines semaines.

Il faut dire que des députés européens commençaient à s'alarmer du niveau du prix, qu'ils jugeaient trop élevé. Certains d'entre eux avaient déposé des amendements prônant la mise sur le marché de quotas supplémentaires, ce qui aurait pour effet de faire baisser le cours… Dans pareil contexte, j'avais intérêt à trouver une formule-choc si je voulais diffuser l'idée d'une hausse. Tiens, j'allais viser 200 euros la tonne, pas moins.

Au fond de mon cerveau se dandinaient une vague culpabilité et la conscience délicieuse de prendre un léger risque. Léger…, l'avenir nous le dirait. Est-ce que j'aurais dû écouter ces petites voix ? Je n'en sais rien. À dire vrai, il y a en moi un appétit pour les formules-chocs, quelle qu'en soit la qualité, appétit qui m'a toujours joué des tours. C'est le pire ennemi de mon honnêteté. La perspective de faire dévier mon travail d'ingénieur vers le monde de la formule littéraire me rendrait capable de faire n'importe quoi. Face à mon écran, la promesse de mener à bien cette manigance avec un peu de poésie a balayé mes quelques réticences. Cependant, il fallait rester simple. Les traders ont besoin d'images concises et de mots faciles à comprendre, me suis-je rappelé. J'ai hésité entre « Vers l'infini et au-delà » ou « Le quota largue les amarres ».

J'ai ajouté quelques banalités sur des paris positifs sur la croissance économique, j'ai mélangé ça avec des considérations ni vraies ni fausses sur la Bourse et quelques dessins techniques. Pas la peine d'en faire trop non plus, il suffisait qu'ils soient tous convaincus que leurs collègues pensaient que ça allait monter pour que ça monte.

Le quota largue les amarres.

Ça y est, le filet des 100 euros lâche et l'univers des possibles se déploie enfin pour le quota, gonflé à bloc. Le prix de 100 euros vous impressionnait déjà beaucoup ? Attendez la fin du trimestre ! Deux grands cabinets de stratégie ont indiqué cette semaine qu'ils étaient très optimistes pour l'avenir du cours de la tonne de CO_2. Une croissance exponentielle est attendue dans les prochains mois, sous l'effet d'une conjonction de facteurs économiques et réglementaires. Les amendements déposés par les députés européens sont oubliés, le marché ne semble pas y croire. Ces cabinets parient sur un franchissement rapide des seuils techniques de 100 €/T et 102 €/T, suivis d'un rallye haussier qui ne devrait pas faiblir avant d'approcher les 200 €/T.

Je suivais depuis longtemps les analyses d'un Italien, Vittorio Giardi, qui écrivait des billets sur le carbone dans son blog, Carbon Retracker. Je lui ai envoyé un mail à partir d'une adresse ProtonMail et d'un faux nom :

> Cher Vittorio, en remerciement de vos analyses, si précieuses pour mon travail, vous trouverez ci-joint une information confidentielle en avant-première. Bien à vous, Victor, un fervent lecteur.

Aurais-je dû utiliser un VPN ? L'idée m'a traversée alors que mon email était déjà parti, mais je ne m'y suis pas arrêtée… J'ai copié-collé mon analyse en commentaire de plusieurs articles des sites Carbonpat et Carboneway, pour qu'elle soit visible par tous ceux qui se renseignaient sur le cours du CO_2. Puis je l'ai envoyée à Mathieu, notre trader CO_2, sans plus tarder. J'avais hâte de voir ce dont notre association était vraiment capable.

– C'est ton tour, Lucie, m'a dit Farid, qui venait de terminer sa session d'envois de prix.

Le cœur allégé par cette nouvelle piste d'action, je suis rentrée dans la bulle.

Épisode 22

Quelques hasards heureux

Chute vers le ciel
Tourbillons dans le vent d'est
Le diamant carbone

Les semaines qui ont suivi, nous avons presque eu peur de notre succès. Je dis « nous », et pas « je », car j'avais eu quelques sueurs froides après l'envoi de mon papier : n'était-ce pas passible de prison ?

– Il y a un risque, avait répondu Henri.

Cette réponse ne me convenant pas du tout, j'avais essayé de persuader Farid et Henri que nous étions tous dans le même bateau. Eux aussi, ils avaient mis la main à la pâte, et cette idée était notre idée à tous.

– Oui, ce projet est compatible avec notre projet associatif, a dit Farid. Mais je te rappelle que c'était plutôt ton idée. D'ailleurs, je pense que nous n'avons pas intérêt à la consigner au compte rendu de notre réunion hebdomadaire.

Farid prenait déjà son rôle de secrétaire général très au sérieux. C'était toujours pareil, moi je donnais des idées, je les partageais, je me dévouais corps et âme pour faire avancer le monde, et mes amis récoltaient les lauriers et le contentement, mais jamais les risques. Je finissais invariablement par passer pour une imbécile, qu'on appelait à la modération, alors que rien n'aurait existé sans moi.

En ce qui concernait notre stratagème, il s'était révélé payant. Le cours du quota de CO_2 s'était mis à grimper sec. Bien sûr, on ne pouvait exclure un hasard. Quelques jours après le dépôt de mes commentaires, plusieurs journaux de renom avaient publié des analyses prévoyant un niveau très élevé d'ici quelques mois. Mathieu, le trader CO_2, m'avait expliqué qu'il avait fait une opération très juteuse en prenant des paris à la hausse grâce à notre vision éclairée, qui avait précédé de peu ces analyses.

Rien ne nous étant tombé dessus, j'ai fini par me rassurer. Nous avons continué les séances de saurothérapie, et nous commencions à avoir un peu d'argent. Tous les jours après les séances, je restais une heure dans la salle avec Franck. Nous discutions de tout et de rien, puis je m'attelais à l'écriture du livre.

– Ton livre, c'est un projet nietzschéen, prétendait Franck. Car tu restitues le réel, même déformé, et à ce titre, tu te l'appropries.

Travailler en compagnie de Franck et Robert me

permettait d'avancer vite : dès que je levais la tête de mon écran, ils me dévisageaient avec réprobation.

L'actualité des marchés ne ralentissait pas : inondations de mines de charbon en Indonésie, cyclones, ouragans mettant à l'arrêt des terminaux méthaniers de gaz naturel liquéfié, grèves, épidémie paralysant un port ou une mine, tous les jours il y avait quelque chose de nouveau. Et puis, ce que nous redoutions tous s'était produit. La guerre avait éclaté, pour de bon. Nos collègues du centre de Recherche et Développement s'évertuaient à actualiser le modèle Predictor, mais la réalité changeait tellement vite qu'il n'y avait aucun moyen de prévoir quoi que ce soit. Les prix atteints ces derniers jours correspondaient à des scénarios dont nous jugions l'année dernière qu'ils avaient moins d'une chance sur un million de se produire.

Même Benjamin n'avait plus le temps de nous dire que nous étions en guerre contre la volatilité des prix et qu'il comptait sur nous. Il était trop occupé à courir après les évolutions du modèle. Philippe passait dans les couloirs, de plus en plus vite, de plus en plus voûté. Nous avions participé à des collectes de biens de première nécessité pour soutenir les populations sinistrées, mais c'était presque indécent face à l'ampleur des dégâts.

Moi, rassurée par l'issue de la manipulation du cours du CO_2 – vraiment, personne ne m'avait inquiétée –, j'ai alloué de moins en moins de temps à mes analyses quantitatives.

À quoi bon ? Tout changeait trop vite. Le monde devenait indomptable. Les probabilités, inexploitables, étaient toujours démenties. Tous nos modèles comportaient une part d'utilisation de l'historique, qui les disqualifiait, puisque plus rien n'était comme avant. Ils n'avaient aucune chance de tomber juste.

Puisque le monde assumait son incohérence et son droit au changement, je ne voyais plus aucune raison de m'en tenir aux méthodes conventionnelles. De plus en plus, j'assumais ma méthode poétique : je parcourais toutes les informations, puis je laissais venir à mon esprit une formule-choc qui les contenait toutes, ou pas d'ailleurs, sans m'embarrasser des chiffres. C'était un gain de temps notable, et manifestement ça ne dérangeait personne.

Et puis, les marchés étaient des êtres vivants, si on y réfléchissait bien. Ne racontions-nous pas qu'ils s'agitaient, grondaient, chutaient, grimpaient, s'envolaient, grognaient, plongeaient, coulaient… Nous les disions tantôt tendus, tantôt calmes, furieux, imprévisibles, attentifs, aux aguets, et j'en passe. Derrière les chiffres, il y avait des traders concentrés et livides, avec leur casque de micro et leur doigt sur la souris. C'étaient eux qui insufflaient la vie du monde aux marchés, à ces grosses bêtes maladroites et nerveuses débordées par leur pouvoir, autant haïes que courtisées. Et si les marchés étaient vivants, pourquoi ne seraient-ils pas eux aussi concernés par la PVV ?

J'avoue cependant que plus j'écrivais, plus la réalité que je décrivais me semblait n'avoir aucune importance. Ainsi, tandis que les beaux jours arrivaient doucement, que les arbres tendaient vers le ciel pollué leurs branches assoiffées d'air pur, j'avais écrit ce haïku printanier :

Le jardin ébloui
Lève vers le soleil
Ses yeux charbonneux

Ces quelques vers évoquaient plutôt une hausse, tandis que les analyses quantitatives et les modèles montraient une tendance baissière assez claire sur le court terme du charbon. Qu'importe, m'étais-je dit. Ils sont tous tellement perdus que si je me trompe, ce sera noyé dans les échecs de Predictor.

Une semaine plus tard, j'ai eu la surprise de constater que le cours du charbon avait suivi ma proposition. À rebours de toutes les prévisions météorologiques de ces dernières semaines, le temps s'était refroidi. L'Afrique du Sud et la Russie avaient brusquement connu d'énormes difficultés ferroviaires pour acheminer le charbon vers les ports – certes, cela arrivait fréquemment, mais cela faisait quelques semaines que ça ne s'était pas produit. Tout cela avait concouru à faire monter le cours. Les traders étaient plutôt contents, quoique étonnés, et je commençais à avoir une sacrée réputation.

Enfin, j'avais trouvé un équilibre vivable : le matin, je travaillais. À midi, une séance de saurothérapie me permettait de me sentir utile, tout en gagnant de l'argent pour l'association et en me relaxant moi-même. Ensuite, j'écrivais une heure sous le regard vigilant de Franck et Robert.

Puis je remontais à l'étage, pour produire mes analyses. Dans ce monde qui devenait fou, moi, j'avais soudain l'impression d'avoir trouvé ma place.

Je m'aperçois à l'instant que je ne vous ai pas encore montré une seule de ces analyses. Voilà à quoi ça ressemble :

Un frisson d'hiver
À tâtons dans la brume
Laissez-moi danser

Un frisson d'hiver

La demande en électricité augmente fortement avec la baisse des températures : on dit que la demande est thermosensible.

À tâtons dans la brume

L'heure est à l'incertitude et à l'inquiétude. L'hiver arrive. Les stocks de gaz en Europe sont bas. Prise dans une vague de froid, la Russie a réduit ses exportations de gaz vers l'Europe. Les flux de gaz russe à la station de Mallnow, entre l'Allemagne et la Pologne, ont diminué jusqu'à devenir presque nuls. L'incertitude persiste sur le niveau des exportations russes dans les prochaines semaines et les prochains mois, et sur la date de mise en service de Nord Stream 2, tandis que les États-Unis ont évoqué sa mise en service comme un outil pour dissuader la Russie d'attaquer l'Ukraine. En parallèle, avec la baisse des températures, la consommation européenne en gaz – utilisé pour le chauffage et la production d'électricité – augmente. En conséquence, les prix du gaz montent en flèche et entraînent avec eux les prix de l'électricité, poursuivant la tendance haussière observée depuis quelques mois.

Laissez-moi danser

Le système électrique est un système en perpétuel mouvement, au gré des variations de l'offre et de la demande. L'électricité ne se stocke pas. À chaque instant, la quantité d'électricité produite vers le réseau électrique doit correspondre exactement à la quantité d'électricité consommée.

L'électricité est produite soit par des centrales dont on peut piloter la production (centrales nucléaires, thermiques à flamme, hydrauliques), soit par des moyens non pilotables (les éoliennes, les panneaux solaires). La production d'électricité évolue donc à chaque instant. La consommation d'électricité évolue aussi à chaque seconde, selon que les consommateurs décident de recharger leur téléphone portable, d'allumer leur four ou la lumière, ou de prendre l'ascenseur…

Pour s'assurer qu'à tout instant la production d'électricité soit exactement équivalente à la consommation d'électricité, il existe des systèmes en partie automatiques et des équipes dédiées qui veillent jour et nuit sur l'équilibre du système. Sans cette organisation, un écart majeur entre la production et la consommation pourrait dégénérer en quelques secondes et provoquer un black-out de grande ampleur, c'est-à-dire une coupure d'électricité accidentelle, non maîtrisée, sur des portions entières du réseau électrique. S'il n'y a pas assez d'électricité pour répondre à la demande, après avoir épuisé les moyens pour augmenter la production ou diminuer la consommation, le gestionnaire du réseau électrique prend des mesures d'urgence pour opérer un délestage. Un délestage, c'est l'interruption de l'approvisionnement en électricité de certains consommateurs, selon des plans précis. Une telle situation s'appelle une défaillance.

C'est ce que les acteurs cherchaient à éviter et redoutaient particulièrement en ce moment, ce qui renforçait encore la hausse des prix de l'électricité. Frissonnant dans l'hiver, le système électrique poursuivait sa drôle de danse, sans défaillir, sur la piste glissante.

De ce bavardage technique, j'avais déduit quelques chiffres et des tendances haussières, en laissant mon doigt danser sur l'écran.

Épisode 23

Le pot aux roses

Malgré les excellents résultats que les traders obtenaient à partir de mes analyses et le soulagement d'avoir atteint une forme d'équilibre, il restait au fond de moi une anxiété diffuse. J'étais convaincue de rendre service à Vega Énergie mais qu'en penserait Vega Énergie s'ils découvraient le pot aux roses ? Quant à l'exercice de la saurothérapie qui entraînait des allées et venues et des demandes de badges, était-il viable sur le long terme ? La nuit précédente, je m'étais réveillée en sursaut au milieu d'un cauchemar dans lequel j'étais renvoyée pour exercice illicite de la saurothérapie dans les locaux de l'entreprise.

J'ai partagé mes inquiétudes avec Farid.

– On va essayer de régulariser tout ça, m'a-t-il rassurée. Regarde : Madeleine va bientôt reprendre Robert, nous avons déjà 1 800 euros, c'est de quoi acheter un bon paquet de fleurs. Quant à Franck, peut-être qu'il pourrait aller ailleurs. Et puis tes analyses, essaie d'y aller mollo sur les formules pendant quelque temps ?

– Peut-être. Mais je n'ai pas non plus envie de retourner au monde d'avant, dans lequel ni Robert ni Franck n'étaient avec nous.

– Je comprends, moi non plus. Allons les voir, on réfléchira avec eux !

Nous avons pris l'ascenseur pour nous rendre au rez-de-chaussée. Tandis que nous nous engouffrions dans le couloir qui mène à notre salle, nous avons aperçu Franck à l'autre extrémité, sortant des sanitaires. Il tenait un large rouleau de papier-toilette, qu'il cachait sans succès sous sa robe de chambre verte. Nous l'avons rejoint.

– Robert a la chiasse, il y en a partout, c'est infâme.

– Mince alors. Tu as besoin d'un coup de main ?

Il ne manquait plus que ça. Nous devions être très prudents. J'ai appelé Madeleine, à qui je faisais des rapports fréquents sur l'état de Robert. Elle s'est inquiétée :

– Qu'est-ce qu'il a mangé ? J'espère que vous ne lui avez pas donné de blé, Robert a horreur du gluten. Est-ce qu'il tousse ? Vous l'avez mis dans un courant d'air ?

Je lui ai passé Franck, qui était plus renseigné :

– J'ai ouvert un peu, c'est vrai, ça sentait le phoque, il faut bien que j'aère de temps en temps. Il a pu manger un bout de croissant par mégarde, j'en avais rapporté d'un petit déjeuner d'anniversaire ce matin.

– Couvrez-le avec un chiffon, une petite laine humide et chaude. J'arrive avec les médocs.

À l'autre bout du couloir, nous avons aperçu Isabelle qui marchait à grands pas vers la verrière. Franck m'a jeté le rouleau dans les bras.

– Salut Isabelle ! il a crié en agitant la main. Ça boume ?

Elle a gloussé et fait un petit geste de la main, puis a continué sa course.

– Il faut qu'on soit prudents, Franck. J'ai peur qu'on soit démasqués pour la saurothérapie. Il serait plus prudent de ranger la salle et de mettre Robert à l'abri. Si nous profitions de la venue de Madeleine pour tout débarrasser ?

– Doucement, Lucie, a dit Franck. Il y a mes constructions là-dedans. La peur n'est pas une bonne conseillère. Ça va s'arranger. Attendons Madeleine.

La perspective de vider la salle me glaçait. Je ne concevais plus de travailler chez Vega Énergie sans ce havre de paix que nous offraient Franck et Robert, au milieu de mes tableaux colorés.

J'étais fichue. On croit que certaines choses sont anodines. Quel mal y a-t-il à écrire des haïkus ? pensais-je encore il y a quelque temps. À rêvasser d'un lieu secret et accueillant, niché dans des bureaux hostiles ? J'avais cru que tout cela était inoffensif, un babillage gratuit. Eh bien je découvrais que j'avais eu tort. Quand on met un pied dans la fantaisie, elle nous mange entièrement. Un jour ou l'autre. La fantaisie est un piège dangereux. Addictif. Vous ouvrez la fenêtre et vous découvrez dans votre salon une jungle hétéroclite de personnages sans queue ni tête, alors que vous vouliez seulement prendre un peu l'air. Vraiment, je préférais me retrouver sans emploi que de recommencer à travailler, jour après jour, avec sérieux et abnégation, sans cette échappatoire. Bien sûr, c'était facile à dire, on verrait à l'usage.

Nous sommes entrés dans la salle pour nous occuper de Robert. Il y avait des excréments partout et ça puait horriblement. Robert tremblait sur ses pattes, nous regardant avec un regard de victime accusatrice. Vous m'avez donné du gluten, semblait-il dire, et je meurs à cause de votre négligence.

J'ai ouvert en grand la fenêtre. Une de mes toiles était tachée. Je la renommerais : « Volatilité des perspectives, excréments d'iguane ». À quoi bon ! Si tout disparaissait demain.

Mon portable a sonné. J'ai dit aux autres :

– C'est Madeleine. Elle a besoin d'un badge parking,

– Je demande à Hervé, a dit Farid. Je devais le conseiller sur sa tenue pour un dîner demain. Ce sera l'occasion.

Il a disparu dans le couloir. Franck s'est assis sur un coussin propre. Ses dreadlocks atteignaient le milieu de son dos.

– C'est bizarre, à aucun moment je n'ai eu l'impression de faire quelque chose de mal, lui ai-je expliqué. Mais par moments je m'inquiète, quand je regarde le résultat.

L'air glacé entrait dans la pièce. Franck a frissonné et resserré les pans de sa robe de chambre autour de lui.

Madeleine et Farid sont arrivés. Madeleine a attrapé Robert, que nous n'avions pas fini de nettoyer.

– Comment tu vas mon joli-joli ? elle a dit.

– Pas top mais d'habitude il pète la forme, a répondu Franck à la place de Robert.

Farid a rassemblé tous les papiers sales dans un sac-poubelle. C'est alors que nous avons entendu frapper.

Nous nous sommes tous regardés. Était-ce Henri ? Nous n'attendions plus personne.

La porte s'est ouverte sur Philippe.

Il est entré, éberlué. Il s'est bouché le nez, a toisé Madeleine, dont les cheveux roux ébouriffés avaient trempé dans les restes de caca de Robert. Il a agrippé la poignée de porte, hébété. Il a dévisagé Franck et a regardé tout autour la salle couverte de mes tableaux énergétiques et au fond l'enchevêtrement de constructions en métal et voilages de Franck.

Puis il a vu Robert, que Madeleine avait reposé dans le vivarium. Ses yeux sont devenus plus ronds que je ne les avais jamais vus. Sa mèche de cheveux elle-même tressautait de fureur et d'étonnement.

Farid et moi étions dans le coin opposé près des rideaux. À son regard, j'ai vu que Farid envisageait de sauter par la fenêtre pour rejoindre la cour.

– Ne t'inquiète pas, j'ai chuchoté. Je m'en occupe.

Philippe a appuyé sa main contre le mur, à un des endroits restés libres. Il a balbutié dans le vide. Puis il nous a vus dans le fond et il a dit :

– Lucie ! Farid ! Explications.

Je me suis avancée.

– Tout est de ma faute, Philippe.

– Qui sont ces gens ? Quelle est cette chose ?

– Franck, Madeleine et Robert. Ils vont nous laisser

pendant que je t'expliquerai tout, nous serons plus tranquilles.

Je leur ai fait signe de filer. Franck et Madeleine ont soulevé le vivarium et se sont dirigés avec difficulté vers la porte en enjambant les coussins. Franck a jeté un coup d'œil de regret à ses sculptures en métal, avant de franchir la porte.

– Va-t'en, Farid, je vais tout expliquer à Philippe, j'ai dit. Vraiment !

Farid m'a regardée avec inquiétude, puis il a déguerpi sans demander son reste. La porte s'est refermée derrière lui.

J'ai invité Philippe à s'asseoir sur un coussin. Il a refusé, et il est resté debout, appuyé contre la porte.

– Ce que j'ai à te dire, Philippe, est un peu curieux. Étonnant. Mais il va falloir que tu m'écoutes attentivement, sinon tu ne comprendras rien.

– Va droit au but, a dit Philippe.

– Mes performances incroyables ces temps-ci, tu sais ? La projection de la hausse du CO_2 qui nous a fait gagner 200 millions, la prévision du prix du charbon… Tout ça, c'est grâce à Robert.

– Rebber ? Rebber and Co ? Tu as fait appel à un cabinet externe ?

– En quelque sorte. On pourrait l'appeler le cabinet Robert Timon – PVV.

– Robert Timon ? Connais pas. Qu'est-ce que c'est que cette histoire ? Ne change pas de sujet, c'est quoi tout ce bazar ? Vous avez embarqué un gros lézard dans un vivarium ? J'aurais dû appeler la police plutôt que de les laisser filer. Explications précises attendues immédiatement.

– Nous vivons dans un monde rationnel. En entreprise, nous essayons de rationaliser les process, les prises de décision. Mais les marchés ne sont pas rationnels. Nos modèles sont inefficaces. On ne peut jamais rien prévoir. Toi-même tu relevais qu'on est aujourd'hui sur des scénarios qui avaient il y a un an moins d'une chance sur un million de se produire.

– Et alors ?

– Eh bien, à comportement irrationnel, solution irrationnelle.

– Et ?

– Quand on parvient à se connecter à la Poésie vibratoire du Vivant, Philippe, autrement dit la PVV, on peut obtenir sur le monde beaucoup d'informations inaccessibles à des circuits de réflexion rationnelle.

J'ai vu qu'il m'écoutait, et j'ai continué. Je me suis rappelé la maxime de Farid : « Quand tu pousses le bouchon un peu trop loin, souris comme si tout était normal. » J'ai souri avec distinction et mansuétude, comme on sourit à quelqu'un d'ignorant qu'on a jugé digne d'être dépositaire de notre savoir.

– Comment se connecter à la PVV ? Tout simplement grâce à la méditation pleine conscience, combinée aux vibrations du vivant. Ici, un iguane.

Philippe a ouvert la bouche pour protester. Je ne l'ai pas laissé parler.

– Je te demande uniquement de te souvenir de la pertinence de mes analyses ces derniers temps. Et de te rappeler combien nous ne savons rien sur le monde. Combien tout reste à découvrir, en témoignent les dernières avancées de la physique quantique, des ondes alpha, même…

Philippe m'a regardée, incrédule.

– Tu plaisantes ?

– Est-ce que ce lieu a l'air de plaisanter ? ai-je dit en balayant de la main la salle jonchée d'œuvres d'art et de coussins. Est-ce que mes résultats plaisantent ?

– Toutes ces structures bizarres ?

– Ce sont des œuvres d'art favorisant le climat de méditation. C'est secondaire, ça. Je les ai apportées pour voir si j'augmentais ma capacité de couplage avec la Poésie vibratoire du Vivant.

Capacité, couplage, c'étaient des mots qu'il comprendrait, que nous utilisions souvent dans le domaine de l'électricité.

– Et alors ?

– Eh bien, l'amélioration est marginale.

Marginal, idem, c'était un mot qui lui serait familier. J'allais arriver à quelque chose, j'en étais sûre.

– Tu aurais dû nous en parler.

– Vous n'auriez jamais accepté avant de savoir si ça marchait.

– Rien n'obligeait à installer tout ton attirail ici. Tu aurais pu méditer chez toi si c'est ce que tu veux faire.

– J'ai besoin d'être au cœur du réacteur.

Au cœur du réacteur, ça aussi ça lui parlerait. J'étais sur la bonne voie.

– De là à amener un lézard au bureau !

– C'est un iguane. Sais-tu que de nombreux bureaux favorisent maintenant la venue d'animaux domestiques pour réduire le stress des salariés ?

– Et cette salle ? Comment l'as-tu obtenue ?

– Personne n'y va jamais, quand nous n'y sommes pas, nous bloquons sa serrure.

Nous avons parlé encore longuement. Et je crois bien que j'ai réussi à le convaincre. Avec Benjamin, ça n'aurait jamais marché. Mais Philippe, c'est autre chose. J'ai toujours senti qu'il avait un truc spécial.

– Vous continuez quelques semaines et on voit ce que ça donne. Vous n'en parlez à personne d'autre, ce serait trop long à expliquer. La prochaine fois que vous vous plantez dans une analyse, on arrête tout.

– Génial ! Tu ne le regretteras pas, je te le promets.

– Attends, j'oubliais. Ces gens qui étaient là ? Il y avait l'original en robe de chambre, chargé de communication technique ou de je ne sais quoi, qui nous avait parlé de Nietzsche. Qu'est-ce qu'il fichait là ? Et la grande rousse, elle travaille chez Vega Énergie ? Je ne l'avais jamais vue.

– Ils m'aidaient à prendre soin de Robert. Ce sont des prestataires avec qui j'ai sympathisé.

– Ça, ce ne sera plus possible. Cette affaire ne doit pas s'ébruiter, tu gardes le lézard et tout ton barda si tu veux, mais que personne d'autre ne s'en mêle. Allez, file, avant que je ne change d'avis !

Je suis ressortie de la salle et me suis dirigée vers les locaux techniques. Personne. Où étaient-ils partis ? Madeleine était sans doute venue en camionnette. J'ai pris l'ascenseur vers le sous-sol. Je les y ai retrouvés, juste devant l'ascenseur, échevelés et inquiets. Madeleine avait pris Robert dans ses bras et le caressait doucement.

– On prend les mêmes et on recommence ! j'ai dit, euphorique.

Farid et Franck ont poussé des cris de joie. On s'est tous serrés dans les bras.

– Attention, nous a avertis Madeleine. Je vous laisse Robert car je n'ai pas réglé mes problèmes de voisinage, mais je compte sur vous pour être plus vigilants. Sa santé est fragile.

C'est ainsi que pendant plusieurs mois j'ai consacré officiellement la moitié de mes journées à méditer près de Robert et Franck, allongée sur un tapis moelleux, avec la visite régulière de Farid et Henri. Henri avait apporté un jeu d'échecs. Farid et lui enchaînaient les parties sous le regard bienveillant de Franck, qui s'était révélé un maître en la matière.

Lorsqu'un haïku d'analyse me plaisait particulièrement, je le calligraphiais sur un petit carton et nous l'ajoutions sur le mur, entre mes autres haïkus et mes collages. Plus le temps passait, plus je tenais à cette salle remplie de couleurs et de prédictions apocalyptiques, que j'imaginais comme une grotte silencieuse couverte de peintures témoignant du monde qui changeait.

Épisode 24

Révélations en chaîne

Les Échos, 29 février 2023

Vega sous l'emprise d'un gourou

Vega Énergie, le célèbre fournisseur d'électricité et de gaz, surpris dans une posture indélicate. Une source interne a annoncé mardi que le service de trading de Vega s'en remet depuis quelques semaines aux pronostics d'une prophétesse pour consolider ses positions sur les marchés de l'énergie.
Que se cache-t-il derrière cette affaire douteuse ? Prise de positions illégales, trafic d'informations ou, simplement, un responsable sous influence vaudou ?
La source n'a pas souhaité nous révéler l'identité de cette prophétesse qui opère en compagnie d'un iguane. L'entreprise va à vau-l'eau. Les décisions prises sont parfois en contradiction avec les modèles les plus sophistiqués, parfois même en écart avec notre politique de risque. Je crains pour l'équilibre financier de notre entreprise, pour l'équilibre du réseau électrique et pour la santé mentale des responsables, nous raconte la source. Cette affaire doit être

exposée au grand jour, avant que nos comptes n'explosent. La source n'a pas été capable de nous dire si les prophéties se sont bel et bien réalisées. Vega Énergie, contacté ce jour, n'a pas encore exercé son droit de réponse.

Vega sort du silence et dément

Les actions opérées par Vega Énergie sur les marchés sont en parfaite cohérence avec sa politique de risque et ses modélisations. Aucune technique alternative n'a été pratiquée. Vega dénonce une attaque ayant pour but de fragiliser son opération de rachat de l'entreprise Greenect.

Les Échos n'étaient pas les seuls à s'intéresser à l'affaire. Depuis le matin, il y avait une quantité d'articles dans tous les grands journaux et la presse spécialisée dans l'énergie. Le sujet semblait les passionner bien plus que le dernier effondrement d'une mine de charbon en Chine. Je les avais découverts en lisant dans le métro le dossier de presse du jour.

À 9 heures, je suis arrivée au bureau. L'open space était désert. Benjamin était déjà parti en réunion, Hortense télétravaillait. Ni Farid ni Henri n'étaient encore là. J'ai démarré mon ordinateur, hésitante sur la conduite à suivre. Pouvais-je faire comme si de rien n'était ?

J'ai commencé par relever mes mails et les nouvelles du jour. Le marché de l'électricité était tendu à bloc, on s'attendait dans la semaine à quelques heures de délestage, si la vague de froid continuait – c'est-à-dire que le gestionnaire de réseau ordonnerait la coupure de l'alimentation en électricité d'un certain nombre de clients, pour éviter un dangereux déséquilibre entre l'offre et la demande.

Une heure plus tard, Philippe a débarqué dans l'open space.

– Tu as un instant ?

Je l'ai suivi dans son bureau.

– On arrête tout. Les fuites dans la presse nous mettent dans une position délicate. On ne sait pas qui a parlé.

– J'ai lu ça. Je suis tombée juste à tous les coups, pourtant.

Ce n'était pas tout à fait exact, mais lorsque je me trompais, je prétendais avoir suivi les résultats du modèle Predictor.

– Ça devient ridicule. On a besoin de la confiance des actionnaires, et d'une bonne image dans l'opinion publique. Les sites complotistes se sont emparés de l'histoire, ils racontent qu'on sacrifie des petits enfants nus. On est la risée des réseaux.

Il m'a tendu une feuille. Il y avait la tête du PDG et dessous un petit texte plein de fautes d'orthographe : « Avan, Christian Gaberie avait des problème. Mais ça c'était avant qu'il rencontre Maitre Christianou. Maître Christianou résou tout. Problème informatiques, problème d'érection, trading achat vente d'électricité. »

Philippe a repris :

– Le PDG nous a passé un savon. J'ai expliqué que c'était une méthode expérimentale, qui avait montré de bons résultats, j'ai juré qu'on ne risquait pas toutes nos positions avec tes prédictions. Rien à faire. Il n'a pas voulu en entendre parler. Je te couvre, tu ne seras pas inquiétée. C'est moi qui me suis laissé emporter, j'aurais dû voir que ce n'était pas raisonnable. Va falloir faire le ménage. À la marge, tu peux continuer à utiliser tes intuitions, comme avant. Mais toute cette histoire, avec le gros lézard, Rodolphe, tout ça, ça ne passera plus.

– Robert, il s'appelle. C'est dommage, ça fonctionnait bien. Et j'étais de plus en plus précise.

– Lucie, quand j'y repense, c'était absurde de se lancer là-dedans. À part l'équipe Marchés, personne n'est au courant. On mènera une enquête pour savoir d'où viennent les fuites. Je compte sur toi pour ne pas dire un mot sur le sujet. Tu te débarrasses de Rodolphe et tu débarrasses ta salle en vitesse.

J'ai senti la volatilité de mes sentiments s'accroître. J'ai plongé d'abord dans une profonde déception. Depuis que je donnais mes analyses intuitives, j'avais imaginé étendre mon empire au monde entier. « Prévisions en tout genre », « Sauro-prévisions », « Troisième Guerre mondiale, effondrement, voyages intergalactiques, découvrez ce que le monde vous réserve », aurais-je écrit sur mon site internet. Juste après, cependant, j'ai éprouvé un vif soulagement. Ainsi, la réalité m'empêchait de devenir une escroqueuse mondialement renommée, rôle que j'aurais rempli à merveille, pensais-je sincèrement, et avec beaucoup de bonne foi.

J'ai imprimé l'article des *Échos*, le premier qui était paru sur mes prophéties. Tant qu'à faire, autant l'utiliser pour un collage. Je suis descendue à la cafétéria prendre un sandwich, puis je me suis rendue dans la salle de Robert pour les prévenir. Farid et Henri s'y trouvaient, en plein milieu d'une partie d'échecs. Franck peignait des fils de fer avec de la gouache fuchsia et vert pomme, puis il les entrelaçait en une sorte de tour Eiffel multicolore.

– On arrête tout, je leur ai dit. Vous avez vu les fuites ? Philippe vient de me convoquer dans son bureau.

Ils n'avaient pas lu les journaux. Je leur ai tendu l'article des *Échos*, qu'ils ont parcouru, ébahis. Sans rien dire, Henri a fermé les yeux, comme il fait toujours quand sa migraine ophtalmique le reprend. Je me suis inquiétée.

– Ça va, Henri ?

– Je suis fatigué, m'a-t-il répondu, la voix faible. J'espère qu'on ne va pas être virés.

Je l'ai rassuré, Philippe nous couvrait toujours, il nc nous avait pas lâchés dans l'affaire.

– Robert est célèbre, s'est réjoui Farid.

Franck a découpé l'article des *Échos* et l'a punaisé au mur, à côté des haïkus.

– Comme quoi la vie me réserve encore des surprises, il a dit, les yeux humides. Ma mère m'avait dit que les temps changeaient.

Henri avait retrouvé ses esprits :

– Je me demande d'où vient la fuite… Hortense, peut-être ?

Je me suis assise sur un coussin, près du vivarium. Robert avait repris du poil de la bête, depuis son dernier épisode de diarrhée. Je l'ai attrapé dans mes bras.

– Qu'est-ce qu'on va faire de toi ?

J'ai envisagé un instant la possibilité de le garder avec nous, malgré le scandale et l'interdiction de Philippe. C'était trop risqué. Il y a un monde entre prendre des libertés dans les espaces vierges des interdictions non formulées et aller contre un ordre explicite, me suis-je dit. Décidément, rien ne valait la clandestinité. Non, ce soir, j'appellerais Madeleine, pour qu'elle vienne le chercher.

J'ai caressé le troisième œil de Robert, en soupirant. Tout de même, cette histoire d'interdiction explicite était à creuser… Philippe m'avait ordonné de me débarrasser de Robert, mais m'avait-il explicitement interdit d'héberger un autre iguane ? Non, ça il ne l'avait pas dit. Maintenant que j'y pensais, il ne m'avait même pas demandé de me débarrasser de Robert, mais de Rodolphe. L'ordre pouvait être exécuté sur-le-champ ! me suis-je réjouie, car il n'y avait jamais eu de Rodolphe ici. Il m'avait ordonné aussi de débarrasser toute la salle, mais m'avait-il interdit, une fois débarrassée, de la remplir à nouveau ?

Le plus prudent était tout de même de faire le ménage, comme Philippe l'avait demandé. Nous allions vider la salle, mais ce ne serait que temporaire. J'étais une éternelle optimiste. Oui, plus j'y réfléchissais, plus j'étais certaine que l'histoire continuerait.

Henri s'était allongé, les yeux fermés, sur le tapis de sol que nous utilisions pour la saurothérapie. Franck avait recommencé ses peintures sur fil d'acier. Farid engloutissait une tablette de chocolat au praliné. Il m'en a tendu un morceau, préoccupé.

– Si le monde s'effondre, tu crois qu'on pourra revenir se cacher ici ?

– On ne baisse pas les bras, lui ai-je dit. On fait le gros dos et on attend la suite ! Il en va de la PVV.

J'ai reposé Robert dans son vivarium. Farid a avalé le dernier carré sous mon regard envieux, puis il m'a demandé :

– Qu'est-ce qui est multicolore, silencieux et bruyant, et qui ne disparaît jamais tant qu'il y a de la vie ?

– C'est la PVV ! ai-je deviné, car les devinettes de Farid portaient toutes sur la PVV depuis quelques semaines.

J'ai eu une soudaine illumination :

– Farid, tu sais, notre projet de recouvrir l'agence bancaire de fleurs en espérant que la Poésie vibratoire du Vivant y germe ?

– Oui ?

– Eh bien, je me dis à l'instant que nous avons aussi une autre piste pour faire connaître notre projet PVV et l'association Robert Timon.

– Dis toujours.

– Notre livre ! Tu as vu comme les journaux se sont intéressés à cette histoire de prophétie ? Essayons de le publier, ça peut marcher ! On dira que ce sont les fuites qui nous l'ont inspiré.

Farid a acquiescé, sans enthousiasme.

– Qu'est-ce qui te déplaît dans cette idée ?

Il semblait gêné, il n'a pas répondu. Henri s'est redressé, puis s'est étiré longuement. Ils ont regardé partout autour de moi sans croiser mon regard, avec une moue dubitative. On aurait dit qu'ils m'en voulaient.

– Qu'est-ce qui ne va pas ? j'ai demandé.

Henri a regardé Farid et lui a fait un petit signe de tête.

– Quoi, Henri ? j'ai dit.

– Vas-y Farid, explique-lui.

– Comment ça m'expliquer ? Vous me faites peur.

Farid a remonté la fermeture éclair de sa veste beige en cuir, celle qu'il met ces derniers temps pour venir dans la salle de Robert, ça lui permet de protéger ses chemises de l'odeur.

– On l'a lu, ton livre, m'a avoué Farid. Il y a une semaine. Tu avais laissé ta session d'ordinateur ouverte, et j'en ai profité. Henri aussi.

– Je ne vous félicite pas. Je vous avais interdit de le faire avant que j'aie terminé.

Ils tiraient des têtes de six pieds de long, je me suis radoucie.

– Allons, ce n'est pas si grave. Je vous pardonne !

– Ce n'est pas ça, le problème, a continué Farid. On ne t'en a pas parlé tant qu'on pensait que tu ne ferais rien de ton bouquin, mais si tu veux le publier, c'est différent. Le problème, c'est que…

– Quoi ? ai-je aboyé.

– Tu ne parles pas assez de nous. Surtout vers la fin, il n'y en a plus que pour tes prophéties, on passe au second plan. On est une équipe, la PVV, c'est tous ensemble qu'on la sauve. On veut être aux manettes, nous aussi. On a des choses à dire.

– Tu n'as pas raconté que nous aussi, on t'a inspiré des prophéties ! a ajouté Henri. Quand Farid a mimé les sables mouvants, et que ça t'a donné une idée sur le pétrole ? Les dernières pages, c'est ton petit projet à toi, Lucie par-ci, Lucie par-là. Tu nous fais passer pour des suiveurs, alors qu'on te donne la plupart de tes idées.

J'étais sans voix devant tant d'audace.

– Je vous signale tout de même que c'est moi qui m'y colle, tous les midis deux pages, pendant que vous, vous roupillez ou vous jouez aux échecs !

Franck s'est levé. Il préférait nous laisser régler cette histoire entre nous.

– Je pars faire un tour à l'étage de la Com' !

Henri m'a tourné le dos et s'est approché de la fenêtre. Il venait d'aller chez le coiffeur – c'est fou comme peu d'hommes sortent améliorés d'une séance chez le coiffeur. Après quelques jours ça s'arrange, mais là je voyais sa nuque épaisse et ses cheveux de pelouse tondue, je préférais encore quand il avait sa longue mèche.

Farid a entrepris de ranger le jeu d'échecs en m'ignorant complètement. Ils voulaient jouer à ça ? Ils allaient voir. J'ai mis la playlist tropicale, je me suis allongée sur le matelas et j'ai laissé mes pensées divaguer, sans plus leur prêter attention. Les gouttes de pluie ont résonné dans la pièce, avec des croassements de grenouilles, des flûtes et des petits grelots.

Dix minutes plus tard, nous n'avions pas progressé. Henri restait immobile face à la fenêtre, épaules voûtées, l'air de porter toute la misère du monde, et je me suis souvenue que notre association n'avait même pas réussi à résoudre son problème de soleil… Farid avait entrepris de ranger l'étagère sur laquelle nous stockions la nourriture de Robert, alors qu'il savait très bien que je le trouvais irrésistible quand il se mettait à tout ranger. J'avais de plus en plus de mal à faire comme s'ils n'étaient pas là. J'ai senti que j'étais en train de craquer.

– C'est d'accord, j'ai dit. Vous me donnerez vos commentaires mais je garde un droit de veto.

Farid m'a regardée avec dignité, formant un V avec deux doigts de sa main gauche.

– Un V pour veto, il a dit, puis il a levé l'index et le majeur de sa main droite, et deux V pour la PVV.

– Lovely Lucie Shaft, a dit Henri, c'est un deal. Damned, j'ai oublié notre réunion sur les prix du CO_2.

Ils sont partis, me laissant avec Robert. Tout ça m'avait épuisée. Franck est revenu peu de temps après.

– Qu'est-ce que tu vas faire, Franck ? On peut se débrouiller pour que tu restes ici, si tu es toujours d'accord.

Franck m'a regardée avec gravité.

– Je m'en vais, Lucie. Je reviendrai, c'est certain. Mais le plus simple est que je libère le plancher, pour le moment. Et puis j'ai envie d'aller voir un peu ailleurs. Pourquoi pas m'installer sur les marches de La Défense quelque temps. Là-bas aussi, il y a de l'espace, sur la dalle et dans les bureaux.

J'ai senti mon cœur se serrer. Si Franck parvenait à trouver un autre lieu de chute, allions-nous vraiment le revoir ? Je l'ai regardé faire ses paquets, les gestes tranquilles. Il ne semblait pas inquiet. Il me laisserait ici la plupart de ses sculptures, en souvenir. Elles ne rentreraient jamais dans mon appartement, mais je trouverais une solution. À mon tour, je lui ai offert « Volatilité des perspectives, excréments d'iguane ». J'ai enveloppé la toile de tulle rose pour la protéger, tandis qu'il récupérait quelques tubes de gouache sur l'étagère. Il m'a remerciée avec émotion.

– C'est un beau cadeau. Ne te sens pas obligée de rester : j'en ai encore pour un moment, m'a-t-il dit, le temps de trier ce que j'emporte et ce que je laisse ici.

Je l'ai serré dans mes bras en lui ordonnant de revenir vite, et j'ai quitté la salle, les larmes aux yeux.

J'ai emprunté l'escalier de secours extérieur, le pas lourd. Arrivée au palier du troisième étage, je me suis accoudée à la balustrade et j'ai regardé la ville étendue devant moi. Sous le ciel gris, la rue grouillait. Quelques taxis, des bus et des passants pressés. Je me suis perdue dans le fourmillement des allées et venues de mes semblables. De la sortie côté parking des locaux, juste en bas, j'ai vu surgir Franck. Il avançait sans hâte sur le trottoir, regardant tout autour de lui, vêtu de sa robe de chambre vert clair, les dreadlocks sautillantes sur ses épaules. Il portait sous son bras droit ma grande toile, qui glissait sans cesse et l'obligeait à s'arrêter tous les trois mètres. Le tulle rose dont je l'avais enveloppée se défaisait lentement et formait derrière lui une traînée pastel qui dansait dans le vent. Son autre main tenait un sac plastique débordant de tiges métalliques et de voilages. Les passants le dévisageaient, s'écartant de lui avec méfiance. J'ai suivi du regard sa marche insouciante et colorée, jusqu'à ce qu'il tourne dans le boulevard.

J'ai regagné mon poste dans l'open space feutré. Les marchés étaient calmes, cet après-midi. Quelques mètres plus loin, les écrans suspendus affichaient des courbes léthargiques. Tout était assourdi sous un voile morose.

J'ai repris mes analyses sans entrain, dans une demi-somnolence. L'image de marchés assoupis comme des grosses bêtes repues s'est imposée à mon esprit et j'ai senti un vers de haïku qui venait : « Pétrole overdose ». J'ai retrouvé le sourire. J'avais encore du pain sur la planche, il allait falloir trouver la suite et terminer le bouquin.

Ce soir, j'appellerais Madeleine pour qu'elle récupère Robert. Ensuite, on verrait bien.

Site de la narratrice :

www.lucieshaft.com

Retrouvez toute l'actualité des éditions Albin Michel
sur notre site albin-michel.fr
et suivez-nous sur les réseaux sociaux !
Instagram : editionsalbinmichel
Facebook : Éditions Albin Michel
Twitter : AlbinMichel

Composition IGS-CP
Impression CPI Brodard & Taupin en décembre 2022
Éditions Albin Michel
22, rue Huyghens, 75014 Paris
www.albin-michel.fr
ISBN : 978-2-226-48094-1
N° d'édition : 25304/01 – N° d'impression : 3050483
Dépôt légal : janvier 2023
Imprimé en France